O.N.G!

DU MÊME AUTEUR

aux éditions P.O.L

IPSO FACTO, 1998

ACNÉ FESTIVAL, 1999

SPECIMEN MÂLE, 2001

Iegor Gran

O.N.G !

Roman

P.O.L
33, rue Saint-André-des-Arts, Paris 6e

ISBN : 2-86744-925-1
www.pol-editeur.fr

« La Foulée verte ! La Foulée verte ! » On n'entend plus que ça. Partout, dans les journaux, « La Foulée verte ceci », « La Foulée verte cela ». Des mots durs souvent. Des calomnies. Et des questions, forcément, pour ma personne, comme pluie acide. « Explique-nous, Julien, toi qui as fait partie de l'élite. Punaise, éclaire la lanterne ! Qu'est-ce donc que cette Foulée verte qui a semé tant de trouble dans notre petite ville ? »

Je sens dans ces propos comme une attaque injuste. Les gens ne retiennent que les aspects négatifs de la guerre. Alors j'essaye d'expliquer, calmement, sans bégayer, que la Foulée verte mérite notre respect.

Car la Foulée verte n'est pas de l'écologie ordinaire qui se contente de ramasser les bouteilles en plastique sur les plages. Elle n'est pas rentière, cette écologie-là, des négligences du consommateur. Elle ne passe pas son temps à aider les personnes âgées dans l'autobus. La Foulée verte ne se résume pas à lire la composition des corn-flakes avant d'en acheter, pas uniquement en tout cas.

« Alors qu'est-ce que c'est, Julien ? »

La Foulée verte est un combat contre soi-même. Chasser les démons des égouts de son âme. Se dépasser. Prouver que chaque cellule de notre corps, chaque pensée de notre esprit méritent l'espace-temps qui leur est alloué. C'est cela, la Foulée verte, et rien de moins. Une exigence permanente. Ça vous déraille le train-train mini-bourgeois.

« Admettons, mais peut-on approcher ton idéal de la Foulée verte par la violence ? Toi qui as vécu aux premières loges du conflit... N'y vois-tu pas quelque contradiction avec votre idéologie pacifiste ? »

Ma réponse les étonne. N'en déplaise aux hypocrites, la guerre, comme beaucoup d'activités humaines, peut se transformer en un catalyseur d'épanouissement personnel. Celui qui l'utilise à bon escient, au moment propice, en restant critique envers soi-même, celui qui sait garder dans la guerre son cœur d'enfant, celui-là se rapproche de son absolu. Notre grand duel avec *Enfance et vaccin*, malgré ses débordements malheureux – comme dans toute guerre, hélas –, est un exemple de droiture.

« Des preuves, Julien ! Assez de ce blabla mortel théorique ! Du tangible ! Du béton ! »

J'en ai des tonnes, justement. Prenez mes camarades. Prenez Josas, Celsa, etc. La guerre leur a ouvert des horizons nouveaux. Quelques jours de lutte ont suffi pour que leur vie prenne ce tournant mystique dont on rêve tous. Avant, ils vivaient leur quotidien, ils démontaient les usines polluantes et traquaient le braconnier, ils interpellaient les politiques et arraisonnaient les tankers, ils servaient la noble cause de la Foulée verte, ce qui n'est pas rien, mais leur exaltation de jeunesse avait cédé la place à un professionnalisme morne. Sans l'aiguillon *Enfance et vaccin*, ne risquaient-ils pas de se fourvoyer dans un militantisme aux relents bureaucratiques ?

Prenez Ulis, un mois avant l'embrasement. Le grand Ulis. L'homme qui a fait l'Exxon Valdez. Le timonier de l'arc-en-ciel. Le camarade aux mille médailles. Solide, ouvert, altruiste et… Que sont les mots pour qualifier une personne remarquable ? Les mots sont des papillons. Leur danse ne change pas le paysage majestueux. On les écrit, on fait des efforts, et ils s'envolent, ingrats, emportés par un souffle puissant. Mes mots, un éternuement d'Ulis suffirait à les pulvériser.

Seule reste l'immensité. Et mon incapacité à la décrire.

Cela dit, j'ai beaucoup progressé. À la Foulée verte, mon écriture a mûri. À force de transcrire les réunions de travail, j'ai pris du métier. C'est en forgeant qu'on devient écrivain.

Pourtant je n'avais pas postulé pour écrire, enfin pas spécialement. Je cherchais un stage qui donne du lustre à une vie franchement terne, tout en mettant en valeur mes nombreuses qualités inexploitées, à savoir : mon désir du travail en équipe, mes préoccupations éthiques, mon respect des hommes car ce sont eux qui font l'opulence du corps social, mon envie de dépasser les clivages travail-loisirs, et bien d'autres qu'il serait fastidieux d'énumérer ici mais que j'ai pris soin de mettre dans ma lettre de motivation. J'ai écrit tout le mépris que j'avais pour le tissu économique où poussait ma famille : un paternel ingénieur, fourré dans la zone industrielle, collectionneur de cartes postales de Clamart, la terre de nos ancêtres, une maternelle au foyer, comme une brave maternelle qui se délabre, sans autre ambition dans la vie que la décoration de notre pavillon et la belle mine du frigidaire.

J'avais vingt-cinq ans. Évidemment, à vingt-cinq ans, je me préoccupais déjà de notre environnement, à ma modeste échelle. Je triais mes déchets. Je montrais du doigt les pots d'échappement qui expectoraient. J'évitais de manger les plats avec des colorants, qu'ils fussent ou non d'origine animale. Comme shampooing, je prenais Timoteï aux plantes médicinales. Je regardais de haut les comportements consuméristes et je me méfiais de la publicité. J'essayais d'arrêter de fumer, j'étais descendu à quatre cigarettes par jour.

Ces minuscules combats du quotidien, je les ai notés dans mon cévé. Sans embellir, ni rien. J'ai joué l'honnêteté. Je me suis appliqué à construire des phrases simples, au ton délié, propre à me rendre sympathique. J'ai adressé le tout à la Foulée verte, antenne régionale, 101, avenue du Général-Leclerc, le grand immeuble que vous connaissez, avec le drapeau de la Foulée verte à son sommet, et l'inscription *La Foulée verte* en lettres néon.

J'ai été admis aux entretiens. Une lettre sobre, presque spartiate. « Monsieur, vous êtes admissible. » Ça m'a fait un choc. C'était la première fois que l'on me prenait comme dans du beurre, aussi facilement. J'en ai conçu un immense espoir.

Ulis m'a fait entrer dans son bureau. Et là, d'emblée, j'ai compris que je n'étais pas dans une entreprise banale. Au-dessus de l'ordinateur, là où les pédégés ordinaires accrochent un tableau, sans se rendre compte qu'ils soulignent ainsi leur soumission à l'ordre mini-bourgeois fait de stéréotypes autant sociaux qu'esthétiques, Ulis avait mis une grande photo du détroit du Prince William – c'était marqué en bas – où les plages magnifiques fraîchement enneigées se découpaient sur une longue traînée de cirage.

Les bras en croix, il a gémi :

– Le golfe de l'Alaska. Nous sommes le 24 mars 1989. Jour maudit. La pendule s'est arrêtée. Deux cent cinquante mille barils de brut. Un Hiroshima écologique. Deux cent cinquante mille oiseaux des mers, deux mille huit cents otaries, vingt-deux baleines… Mon karma souffre…

Puis il a chuchoté le nom honni :

– Exxon Valdez.

Je restais sans voix devant la beauté souillée par la négligence humaine.

Après une minute de silence, il a pris ma graphologie et les résultats du test de Rorschach qu'il a lus attentivement, puis il m'a dit de sa voix paisible :

– Ton cévé me plaît… Je sens… Comme si tu portais en toi le tigre à la montagne. Une fougue, une impatience à en découdre… Seulement… Il faudrait arrêter de fumer… T'as encore grave de choses à découvrir, petit. Tu voudrais faire quoi à la Foulée verte ?

J'ai compris que c'était une de ces questions classiques qui servent à vérifier la motivation, et j'ai déclamé sur un ton enthousiaste :

– Contre châtier meuh nucléaire, folie planète sauver les hommes. Pollution zizi trachefond.

En réalité, je ne bégayais pas tant que ça. D'ailleurs on me comprenait très bien, que ce fût à la boulangerie, au café ou chez moi. Mais là j'étais nerveux, il y avait mon avenir en jeu, je bafouillais plus que d'habitude, et plus je bafouillais, plus j'étais nerveux, c'est l'engrenage classique du bègue, alors pour les mots que je n'arrivais vraiment pas à prononcer, j'ai cherché des équivalents, avec des hauts et des bas, je le reconnais.

Il a fait une grimace.

– Calmos, petit. Laisse tes nerfs en paix. On n'est pas à l'armée ici. (Curieux qu'il m'ait dit ça compte tenu de ce qui s'est passé ensuite.) Exprime-toi calmement. Personne te mangera.

Alors j'ai répété :

– Peut-on industriels au monde quelques mains laisser ? Pollute, pollure, polluche wigwam.

Il a hoché la tête.

– Celsa, viens voir !

Du bureau voisin est entrée Celsa. Elle portait une... Sa bouche était... Les yeux, le nez, la démarche... Un élastique rose, épais comme une jarretière, serrait les cheveux en un bouquet qui... La gorge sèche, je me suis surpris à mordiller la langue. J'avais envie d'une cigarette, là, en plein entretien.

– Dis-moi, Celsa... Le Julien, là... Il est bègue.

– Ah bon ? C'est pas marqué sur sa grapho.

– Comment veux-tu qu'on le garde ? Il sera incapable de prendre la parole dans les contextes hostiles, face aux grands industriels, face aux journalistes.

Celsa a hoché du menton.

– Sa lettre de motivation est bien écrite, pourtant.

J'allais répondre par une longue tirade où je voulais expliquer que je n'ai jamais été un parleur, certes, surtout avec mon bégaiement, mais que je me défendais à l'écrit, car je voulais bio devenir écrivain plus tard, quand j'aurais suffisamment défendu de nobles causes et progressé socialement, car il n'y avait pas de raison, car tout le monde publiait pourquoi pas moi, car je me sentais tourmenté de l'intérieur, car la misère du monde, car car ! Voilà ce que je voulais dire, mais j'avais la langue prise dans la gorge et je ne savais comment aborder la phrase. J'ai juste fait quelques gestes.

Ils n'ont rien compris. Dialogue de muets.

Ulis s'apprêtait déjà à envoyer mon cévé dans la corbeille des recyclables quand Celsa a eu l'idée qui a débloqué la situation.

– Avec son défaut d'élocution, on peut le faire passer en quota « handicapés », si l'on brode un peu. Un, le ministère de la Solidarité nous débloquera des subventions. Deux, on nous fera mousser en comité central. Tu gagneras en notoriété et… Qu'une antenne régionale comme la nôtre se préoccupe autant du sort des anormaux, ça en bouchera plus d'un, là-haut.

Ulis a protesté.

– Les déficients travaillent mal.

Alors Celsa a éclaté. Elle a dit tout le mal qu'elle pensait des individus qui n'aimaient pas les handicapés, elle les a réduits en poudreuse, eux et leurs préjugés dignes du Moyen Âge. Ulis n'en menait pas large. Lui, le caïd qui a fait l'Exxon Valdez ! Pan-pan cu-cul ! Une femme en colère c'est redoutable, alors Celsa ! Il s'est tassé dans son fauteuil de chef de corps. Les badges de la Foulée verte qu'il exhibait à la poitrine ne le sauvaient pas plus que les pagnes indiens ne protégeaient des balles USA. Miraculeuse Celsa ! Tout déconfit il était.

Pour finir, elle lui a demandé :

– C'est-y pas toi qui avais besoin d'un secrétaire ?

Et c'est ainsi que j'ai décroché mon stage.

Le soir, face à mon paternel, je jubilais.

Il était coincé dans son micro-fauteuil en cuir d'animal, il sirotait son *Monde* de mini-bourgeois pour se donner de l'importance, il n'en lisait pas le tiers, c'était de la figuration, *Le Monde*, les énormes pages remplies de nouvelles allaient à la poubelle chaque soir, et moi je songeais aux arbres qu'il avait fallu sacrifier pour satisfaire, chez lui comme chez ses semblables, cette odieuse soif de paraître.

– Le pétrole va encore augmenter, a dit paternel de sa voix de messie.

Je savais qu'il pensait à notre fioul domestique, il se réjouissait d'avoir fait le plein il y a quelques jours, le petit pavillon propret que l'on habitait aurait sa dose de calories à moindres frais. Je n'ai pas répondu. Je me contentais de le fixer. Il devait y avoir dans mon regard une arrogance insolite car paternel m'a examiné longuement. Je ne baissais toujours pas, alors le *Monde* a été plié, les demi-lunes rangées, ses petits yeux fonciers m'ont scanné, et, ne trouvant pas d'explication satisfaisante à mon étrange attitude, le paternel s'est inquiété de mon avenir :

– T'as eu des réponses pour ton stage d'été ?... Tu veux que j'en parle dans ma boîte ?... J'ai de bonnes relations avec les établissements Machepot, tu sais, les pots d'échappement, ils auront besoin de quelqu'un en août...

Et là, avec mon offre de stage en poche, j'ai enfin pu enduire le paternel de condescendance onctueuse. Ta petite vie de merde, avais-je envie de lui dire, ton pavillon de merde, ta Volvo de merde, ton *Monde* de merde, et le reste, de merde également, ne valent rien à côté de la grandeur de la Foulée verte qui m'a admis en son sein. Tudieu, je ne sais pas ce qui m'a retenu.

Je lui ai lancé le mot « générosité » à la figure. Il m'a regardé de ses yeux aspirine. On voyait qu'il ne comprenait pas. J'ai répété : « Générosité. » Plusieurs fois, sur tous les tons. « Tésironégé, quoi ! » Je criais presque. Il n'y avait rien à faire. Le service d'une grande cause, le sacrifice du confort personnel pour le bien du collectif, tous les merveilleux altruismes auxquels j'avais accès maintenant, lui ont toujours été impénétrables, et ce n'était pas sa messe du dimanche qui y changeait quoi que ce soit.

– Pourquoi tu t'énerves ? a demandé paternel. On a du mal à te déchiffrer. Si tu faisais un effort, tu te débrouillerais, j'en suis sûr. Comment veux-tu réussir tes entretiens d'embauche, si tu t'obstines à massacrer les phrases ?

– Et avec les filles ça irait mieux, a enchéri maternelle.

Elle sortait de la cuisine avec un clafoutis.

Cette image du nirvana familial préfabriqué puait tellement à mon cœur que j'ai claqué la porte de ma chambre. Je me suis appliqué à dérouiller mon vélo et je ne suis pas descendu de la soirée. À quoi bon voir leurs têtes fétides ? Quand je songeais aux lendemains, à ces grandes responsabilités qui m'attendaient, mon esprit frissonnait de bonheur et les parents disparaissaient de mes pensées.

Je n'ai pas été déçu. Les jours suivants ont été une félicité. La Foulée verte m'a confié de suite des missions valorisantes. J'ai participé à l'organisation de la Journée du vent. J'ai rédigé le texte de notre lettre d'information que l'on a diffusée par courrier électronique. L'imprimerie des autocollants arc-en-ciel m'a appelé plusieurs fois pour des bons à tirer. Je me dépensais sans compter, et comme je ne pensais plus à fumer, ou si peu, je me croyais définitivement sorti de l'ornière. C'est bête à dire mais jamais je n'avais vécu aussi intensément.

Le travail dont j'étais le plus fier, vous vous en doutez, c'était mon rôle de secrétaire. On m'a donné un grand cahier à spirale comme en ont les vrais écrivains, un bic rongé par le stagiaire précédent, une feuille de paye sur laquelle on avait tamponné « écrivain bénévole sans solde » et « handicapé classe 4 », un tabouret pliable que je devais toujours avoir sur moi pour économiser mes forces au cas où un discours d'Ulis s'éterniserait. Je devais le suivre partout.

À l'époque – début juillet – nous étions seuls dans l'immeuble. Nos locaux s'étendaient du premier au troisième, le rez-de-chaussée étant réservé à l'entrée en marbre et à l'ascenseur géant. Il y avait aussi un parking luxueux qui ne nous servait pas à grand-chose car on venait tous à vélo, on avait même pensé à le sous-louer. Un bien joli immeuble qu'on avait ! Le patio était enrobé de plantes vertes. Un bassin strié de poissons rouges exhalait une fraîcheur bienfaisante et parvenue. La hauteur sous plafond faisait penser à une cathédrale.

Il va sans dire que l'on s'attache très vite à ce standing. Ulis, qui avait connu la période glorieuse des campings sauvages, quand un sac à dos rempli de prospectus était l'unique bureau du militant, le grand Ulis se laissait aller à savourer la petite musique de nuit qui jouait dans l'ascenseur.

Surtout, l'immeuble était idéalement situé, en plein ventre de notre petite ville, pas loin du marché, un endroit stratégique quand on est à la recherche permanente de bénévoles. C'est bien simple, on ne pouvait le manquer, qu'on allât chez le percepteur ou au supermarché, à l'auto-école ou aux pompes funèbres. Notre drapeau était plus visible que l'hôtel de ville. Ajoutons qu'une étude notariale obèse était à deux pas, ce qui nous procurait des revenus réguliers par le biais de donations et testaments.

La Foulée verte occupait ces murs depuis une année environ, et les affaires marchaient tellement bien qu'Ulis envisageait de postuler pour les deux étages restants, il avait déjà écrit au proprio, lui demandant de nous réserver l'immeuble dans sa totalité à partir de l'automne. On nous avait répondu favorablement, l'immeuble serait à nous, à condition que l'on acceptât une modeste hausse de loyer. On en était au marchandage, et l'affaire s'annonçait plutôt bien, quand tout a basculé.

Un vendredi, fin juillet, il y a eu ce coup de fil.

Furieux, Ulis tournait dans ses mains le combiné du téléphone. À l'autre bout, le proprio faisait des ronds de jambes, comme quoi ce n'était que temporaire, douze à vingt-quatre mois ma-xi-mum, vous verrez tout se passera bio, il ne pouvait tout de même pas garder inoccupés les étages quatre et cinq sous prétexte que l'on mettait du temps à signer. Ils avaient payé d'avance trois mois de loyer, eux, ce qui ne gâchait pas le tableau.

Qui ça, « eux » ? s'est-on demandé.

« Ah, vous serez enchantés, a dit le proprio, c'est des comme vous », et on a entendu son rire bas de gamme étrangler le combiné. « Ils sont gentils, les gars d'*Enfance et vaccin*, disait le proprio, ne défendent-ils pas comme vous des valeurs hautement non gouvernementales, surhumaines pour ainsi dire ? Vous serez les meilleurs amis du monde ! »

Gentils ? Mes glandes ! On n'allait pas tarder à les voir à l'œuvre.

Le week-end a passé dans les joies estivales, on se serait cru en juillet 1914, la douceur de la paix régnait dans nos cœurs. Samedi, on a manifesté avec succès contre l'élargissement de l'autoroute dans la zone industrielle, et dimanche j'ai fait la quête au marché pour les pingouins de l'Arctique. Mon tronc était lourd, ma tête légère, mon esprit rempli de dévouement considérait la populace avec un mépris pétillant. Comme leurs préoccupations matérialistes me semblaient médiocres ! Franchement, s'il fallait choisir entre mener une vie de ménagère ou de pingouin, même de l'Arctique, je n'aurais pas hésité. J'éprouvais un réel plaisir à regarder les gens dans les yeux. Il n'y a pas de meilleur bien-être que le sentiment de supériorité.

Seulement lundi est venu, un lundi d'infortune où la guerre s'est enclenchée.

« À ce moment, tu ne te doutais de rien, Julien ? » me demande-t-on avec une naïveté désarmante. « N'y avait-il pas moyen de prévoir la catastrophe ? »

J'aurais donné cher, tiens, pour qu'un esprit vînt me souffler à l'oreille : méfie-toi, Julien, surveille l'ascenseur, c'est là que l'affreux mécanisme s'apprête à tourner le premier rouage de la guerre. Prends garde à toi, homme de paix, tu risques d'y laisser quelques plumes !...

Hélas, rien de particulier ne filtrait du destin. On était assis dans la salle de réunion du troisième. On piquait du nez devant l'ordre du jour. Quand soudain, la voix de Celsa :

– Camarades responsables ! Camarades gratuits ! Écoutez-moi tous !... On a déscotché notre affiche.

Nous nous sommes redressés, inquiets.

– Grave pas possible !

– Tu t'es trompée...

– Ils ne peuvent pas...

Accoudée au chambranle, Celsa faisait bruisser ses jolies jambes de végétarienne, tandis que son élastique rose tremblait de colère :

– Ils peuvent très bien, les verrues. La grande affiche au pingouin, sur le panneau d'affichage de l'ascenseur, celle que Josas a ramenée de Patagonie, ils l'ont décollée sur tout le côté droit. À la place, ils ont mis un enfant brunâtre.

Ayant communiqué l'abominable nouvelle, elle s'est faufilée parmi l'exécutif et installée dans son fauteuil de vice-présidente.

– Allez vérifier par vous-mêmes, camarades, si vous me croyez pas.

Ulis a levé le petit doigt et Josas s'en est allé en courant. Pendant dix minutes personne ne parlait. On chiffonnait nos crayons nerveusement. On coloriait les « a » de marée et les « o » de noire. J'ai esquissé un pingouin stylisé sur l'ordre du jour. Je n'ai jamais su dessiner. Écrire, d'accord. Écrire, c'est respirer. Mais parler et dessiner ce n'est pas mon truc. Mon pingouin d'Arctique ressemblait à un clystère.

Josas est revenu. À son air consterné on n'a plus eu de doutes. Le regard dans le vague, Josas a dit :

– C'est du classique. Un bidonville en monochrome, à fond perdu. Des toits de tôle, des pneus où jouent des mômes lépreux. Et par-dessus, en surbrillance de désespoir, un enfant brunâtre en incrustation.

Nos sens dégoûtés se sont tournés vers Ulis.

Son visage, déjà très beau d'habitude, est devenu transcendé par les pensées.

Il a fini par lâcher :

– On va discuter.

Aussitôt, on est montés. Le comité de direction au complet, Ulis, Celsa, les autres. Je portais mon cahier à spirale et le tabouret pliable.

Dans l'ascenseur, l'affiche *Enfance et vaccin* avait pris ses aises, en effet. Le panneau d'affichage avait été recouvert aux deux tiers par leur papier glycéro, chimiquement arrogant. Notre pingouin disparaissait sous la banquise brunâtre de l'enfant.

Les tripes retournées par cet acte d'impolitesse, on a débarqué au quatrième.

Ulis a demandé :

– La direction ?

– Vous aviez rendez-vous ?

– Ouais.

Avant qu'ils n'aient réalisé, on s'invitait déjà dans le couloir. On a constaté au passage que leur étage était refait à neuf, tout en verre et acier dépoli, avec çà et là des incrustations de cloisons magnifiques. C'était riche, mortel snob, pour tout dire indigne d'une organisation non lucrative.

– Ça y va, les subventions, a jaugé Celsa de son œil connaisseur. Ils font plus de chiffre que nous, je vous le dis. Dollar, dollar.

Finalement on a trouvé l'écriteau « Direction ». Ulis a rempli ses poumons gonflés de médailles et l'on est entré.

La cheftaine *Enfance et vaccin* était une ronde, bio nourrie, à mille lieues des enfants décharnés qu'ils mettaient sur leurs posters. On l'a dérangée en pleine réunion. Ses lieutenantes se sont levées pour nous chasser, elle les a calmées d'un geste.

– Ces messieurs de la Foulée verte n'ont pas l'air contents.

Celsa a secoué ses atouts féminins.

– Hum hum !

Ulis a enchaîné :

– Madame, la Foulée verte met l'égalité des sexes en tête des attitudes positives.

– Mademoiselle, a fait l'autre.

Il y a des personnes avec qui le courant est gelé d'emblée.

– De femme à femme, a dit Celsa, je trouve votre attitude déplorable.

Une lieutenante *Enfance et vaccin*, au passé visiblement africain, a projeté vers nous ses dreadlocks en colère :

– Pass' que votre pingouin sur fond vert est un Michel-Ange ?

– Les pingouins d'Arctique sont menacés dans leur environnement, lui a fait remarquer Ulis avec des trémolos dans la voix. Ils ne pondent plus que trois œufs virgule sept par femelle, et je vous demande la cause ?

– J'y suis pour rien, a dit la fille carbone au comble du cynisme.

– Le réchauffement de la calotte glacière, mada… moiselle !

Le cruel destin des pingouins n'a pas eu l'air de l'émouvoir.

– Votre affiche était accrochée sur le panneau

commun auquel j'ai autant droit que vous, a dit la cheftaine.

Ulis l'attendait, celle-là.

– Pas tout à fait. Comptons ensemble, voulez-vous. Nous occupons trois étages sur cinq, ce qui veut dire que nous avons le droit à trois cinquièmes du panneau. C'est plus que la moitié.

– C'est faux, a répondu l'effrontée.

On a failli s'étrangler, mais Ulis nous a fait signe de nous calmer. La dignité de cet homme dans les moments les plus difficiles forçait l'admiration.

– Vous oubliez le rez-de-chaussée, a expliqué la grognasse. Au total votre occupation est de trois étages sur six, soit cinquante pour cent. Vous avez le droit à la moitié du panneau dans l'ascenseur et pas un centimètre de pingouin de plus.

Ça sentait l'escroquerie alors Ulis a sorti un crayon et griffonné des chiffres sur mon cahier, des additions, des pourcentages.

Finalement il a déclaré, rayonnant :

– Dans ces conditions, votre part du panneau correspond à deux étages sur six, soit un tiers !

Ah ! fallait voir les têtes des vaccins ! Devant notre démonstration impeccable elles se rabougrissaient, les bougresses ! Fallait pas nous chercher !

– On vous priera donc d'enlever une partie de votre affiche disgracieuse, a conclu Ulis.

– Celle où l'on voit les croûtes purulentes, a suggéré Celsa.

Là-dessus on s'est tourné et dirigé vers la sortie, croyant leur avoir bloqué le caquet.

– Les enfants du tiers monde ont faim ! a beuglé dans notre dos la fille au passé africain.

Celsa a répondu sans se retourner :

– Au moins ils n'ont pas froid. Ils n'ont qu'à vivre en Arctique, vos z'enfants ! Ils ne connaissent pas les vers intestinaux, vos z'enfants ! Les orques ne bouffent pas leurs petits !

Alors ça fusait derrière nous, on aurait dit une armurerie qui explosait.

– Et les mines antipersonnel ?... Et la lèpre ?... La prostitution des moins de seize ans ?...

On était déjà pour moitié dans l'ascenseur, quand la cheftaine nous a rattrapés avec des quittances à la main.

– Je vois que vous êtes procéduriers, chez la Foulée verte, parfait ! Je vous signale qu'au prorata des loyers, c'est nous qui reprenons l'avantage, et largement, compte tenu des étages élevés que nous louons et de l'état de nos locaux.

Il est inutile de retranscrire ici l'échange de vocabulaire qui a suivi, fait d'insultes et d'ondes négatives. La porte de l'ascenseur s'est refermée sur un sentiment d'incompréhension mutuelle.

Dans un silence pesant, fait de dignité blessée et de mauvais pressentiments, nous glissions vers nos étages. L'humeur nous suivait en grinçant des dents. Je ne saurai dire à quoi pensait Ulis, mais son visage était grave, et ses lèvres pincées. Quant à moi, je me repassais en mémoire ces quelques pièces de monnaie que j'avais données au cours de ma vie aux bonnes œuvres d'*Enfance et vaccin*, et je rongeais l'amertume. Mortel con avais-je été de leur donner quoi que ce soit ! Qu'ils osent m'approcher maintenant, tiens !

Le môme *Enfance et vaccin* nous narguait. Avant de sortir de l'ascenseur, Celsa lui a montré un majeur. Ce n'était pas un geste très élégant, mais sur une femme on pouvait l'interpréter comme une symbolique d'égalité sexuelle, et ça passait. Il va sans dire que je me suis retenu d'en faire autant.

L'ambiance morose, on est revenu à notre lundi.

La réunion traînait misérablement.

Un bénévole anonyme a pris l'ordre du jour. Il a lu de sa voix frêle :

– Un. Démazoutage préventif au large des côtes atlantiques, actions à envisager pour soutenir la cellule landaise. Deux. Budget de l'année non bouclé, les cotisations des industriels en baisse par rapport au dernier semestre fiscal. Trois. Journée du vent. Quatre. Recrutement de bénévoles sur notre adresse Internet, benevolat@lafouleeverte.com. Cinq. La quête pour les pingouins de l'Arctique. Annexe. Problèmes, suggestions.

L'ambiance battait de l'aile.

– Envisageons le point quatre, a dit finalement Celsa en faisant un effort pour se mettre au travail. Le recrutement est une priorité. Ne nous voilons pas la face. Plus les camarades gratuits vieillissent, moins leur rendement est solaire. Ils s'enlisent dans le train-train. Ils prennent de l'embonpoint. C'est regrettable mais c'est un fait.

Tout autour de la table, les gratuits se sont faits petits, et moi en premier, car je n'étais même pas un gratuit permanent. Un gratuit stagiaire d'été, c'est plus bas que rien.

Ulis a protesté.

– Voyons, Celsa, tu exagères. Les bénévoles sont l'âme de la Foulée verte. Nous, les responsables, nous sommes le squelette, certes, et le cerveau dans bien des cas, mais ni le squelette ni le cerveau ne seraient efficaces sans la chair qui les enveloppe, sans les muscles des bénévoles, sans leur ardeur de globules rouges. Qu'on se le tienne pour dit !

Les gratuits ont regardé Ulis avec des pupilles emplies de reconnaissance, et moi en tête, car je savais que je donnais moins à la Foulée verte que je n'en retirais pour ma personne, infiniment moins ! Ici je m'enrichissais comme jamais, le contact au quotidien des grands hommes et femmes qui faisaient notre organisme était une école sans pareille. Pour preuve, je n'avais pas pris de cigarette depuis mon recrutement.

– Parlons alors de la prochaine Journée du vent, a suggéré Celsa.

Mais personne n'avait rien d'intéressant à dire. La réunion se taisait gauchement.

Pendant que les camarades responsables essayaient de digérer les événements de la matinée, j'ai relu ce que j'avais noté dans mon cahier en ce lundi funeste. J'en ai été abasourdi. Dès la dixième ligne, j'avais commis une faute impardonnable, je ne sais pas si vous vous en rappelez, j'avais dit « de jolies jambes » en parlant de Celsa. Rien que ça. C'était une remarque sexiste caractérisée, une expression digne de mes copains de collège, ces bœufs aux hormones, et je me suis maudit intérieurement. Bien sûr j'aurais pu corriger et faire comme si de rien n'était, mais il n'est pas dans mon habitude de rayer quoi que ce soit. Cela nuit à la spontanéité du texte et n'enlève rien à la gravité de la faute commise. J'ai laissé ma bavure morale en suspens, et j'ai continué.

La réunion s'est terminée comme un soupir de baleine qui n'en finit pas. Il était temps d'aller manger. On est sortis sur le parvis. On marchait, Ulis et moi, vers la cantine. C'est alors que s'est produite une coïncidence dont la portée quasi mystique m'a laissé pantois.

Un fauteuil de handicapé s'est approché. Un type difforme, d'une laideur concupiscente, a déplié vers nous son bras disloqué. Il essayait de nous toucher, l'animal ! Comme il se bavait dessus, on était franchement dégoûtés. On ne savait pas mortel quoi faire, car fuir un handicapé est de très mauvais ton et ne peut en aucun cas être considéré comme une bonne attitude selon les critères de la Foulée verte. Et l'autre qui tendait ses os caoutchouteux ! Une vraie pieuvre !

Ulis a fini par comprendre.

– Il veut nous donner quelque chose.

En effet, un papier se balançait au bout de ses doigts rabougris et jaunes comme ceux d'une fée irradiée. Des paroles ont moussé autour de ce qui devait être sa bouche.

– H'est pour hou'.

Même Ulis, le grand Ulis, regardait ses chaussures car la vue du handicapé était insupportable.

– Prends-le, Julien.

– Pas préférabe pas, je goûte préférabe pas.

– On ne te demande pas ton avis.

J'ai montré mon cahier à spirale et le tabouret.

– Les mains je prise.

– Dépêche, a sifflé Ulis entre les dents. Il y a des gens qui nous regardent.

Je n'avais pas le choix, du bout des ongles j'ai attrapé le foutu papier. C'était un prospectus. On y lisait que l'organisation non gouvernementale *Handicap demain* cherchait des bureaux à louer.

– Hou' habitez au numéro hent-un ? a henni le handicapé, et son membre – inférieur ou supérieur, je ne saurais préciser – a pointé vers les médailles d'Ulis. Hou' êtes houlée herte, n'est pas ?

Impossible de mentir, surtout à un handicapé, qui sont comme des enfants, dit-on dans les livres.

– Oui, a dit courageusement Ulis, nous sommes au service de la Foulée verte dont nous défendons les idées progressistes.

– Et hou' êtes contents de hotre lohement ?

Qu'il nous ait demandé ça le jour même où le conflit avec *Enfance et vaccin* nous faisait douter pour la première fois de notre confort m'a laissé béant de stupeur. D'habitude je ne suis pas superstitieux, mais dans le contexte de ce lundi matin, avec ce monstre qui nous harcelait, j'ai senti, oui, très distinctement senti, les gouttes froides de la crainte picoter mes aisselles.

– Pahé qu'hi hou houlez le hou-louer, ou éhanger ahec nous, quitte à he que l'on hou her'he une indemnité, n'héhitez pas.

Ulis a bredouillé quelque chose comme « merci, merci bio », et le handicapé s'est fendu d'un large sourire qui ressemblait à une plaie ouverte.

Après ce cauchemar, on n'avait plus l'appétit. On a mâchouillé en silence une salade avec des dents cotonneuses, on aurait dit que l'on nous forçait à manger de la viande.

Et le soir même, je me suis remis à fumer.

Je le savais, fumer était complètement contraire à l'attitude positive de la Foulée verte. Aujourd'hui encore, j'ai du mal à me pardonner cet accès de faiblesse. Je songe aux exploités des pays pauvres qui s'abîment les mains à ramasser les feuilles de tabac, je pense aux grandes multinationales USA qui nous imposent leurs Cow-boys à grandes marmites de publicité subliminale, et j'ai honte. Les circonstances atténuantes étaient mon statut de débutant à la Foulée verte et ma nervosité, attisée par l'intuition, qui s'est hélas vérifiée, d'une catastrophe imminente. La fumée que crachait ma bouche était un pâle reflet des nuages de poudre qui allaient bientôt recouvrir le champ de bataille.

Avec toutes ces pensées sombres, le matin suivant j'ai oublié de changer de chemise, et je puais fort la cigarette.

– Tu sens bizarre, a fait Celsa en me faisant la bise.

– Wok wok barbecue, ai-je trouvé à répondre, puis je me suis rendu compte de la gaffe et j'ai ajouté précipitamment :

– Légu caro toma auber !

Si elle avait creusé mes paroles, elle n'aurait pas tardé à démasquer la cigarette, et je risquais l'expulsion. Heureusement elle ne comprenait pas bio ce que je racontais à cause de mon bégaiement, et comme elle avait d'autres soucis – Machepot, l'industriel des pots d'échappement, n'avait toujours pas renouvelé son contrat – elle s'est éloignée, la mine pensive.

N'empêche, pour ne pas risquer de me faire attraper, je suis allé aux toilettes où j'ai vidé sur ma personne un déodorant *Air fresh* à la lavande, spécial petites odeurs. Tant pis pour l'ozone ! pensais-je égoïstement, pendant que le jet froid de chlorofluorocarbone me rendait présentable. C'était une très mauvaise pensée, je le reconnais, et j'ai pénible conscience encore aujourd'hui. Pour ma défense, je voudrais dire que je n'étais pas le seul coupable dans cette affaire : l'homme ou la femme de ménage qui avait laissé de tels produits dans nos locaux sans se soucier de leur composition était autant à blâmer que moi.

En rentrant des toilettes, je me suis cogné à Josas.

– Misérables caries ! jurait-il entre ses dents. Esprits immondes !

Immédiatement j'ai compris.

– Enc', enc', enc' ? ai-je fait.

– Exactement. On ne peut pas leur faire confiance, à ces gens, même d'un orteil. Ils ont fini par déchirer l'affiche, tout le bas est parti comme un glissement de terrain... Comment ont-ils pu ? C'est inhumain...

Il avait les éclairs.

Nos troupes mijotaient devant l'ascenseur. La désolation régnait sur notre affiche. Les pattes du pingouin avaient été sectionnées. Le bas des ailes arraché. En regardant de près, je me suis aperçu qu'on lui avait brûlé le ventre avec un briquet. La pauvre bête n'avait que les yeux pour pleurer. L'enfant brunâtre, lui, se portait comme un charme. Le regard de chien battu qu'il nous a adressé était désagréablement collant. On avait l'impression qu'il se glissait dans le portefeuille.

Une sourde colère a grondé dans nos veines, une envie de réparation a suinté par les pores. On est montés au quatrième.

Les vaccins nous ont opposé un mur fait d'incompréhension et de mauvaise foi.

– Quelle affiche ? disaient-ils. On n'a pas touché à votre affiche. Elle ne nous intéresse pas, votre affiche. Sauf à dire qu'elle est repoussante, pisseuse à souhait, mais bon, les goûts et les couleurs...

Ulis a écouté leur baratin. Calmement, sans geste vulgaire, sans proférer de mot déplacé, mais en articulant pour être bio compris, il a énoncé ce qui sera notre position diplomatique pour les prochains jours :

– Nous, représentants de la Foulée verte, n'aimant rien davantage que la paix dans le monde, sommes contraints de nous plaindre officiellement de votre conduite. Nous regrettons de constater votre mauvaise attitude. Deux agressions en deux jours – la coupe est pleine.

Les vaccins se sont affolés : leurs voix s'élevaient, on captait dans l'air des germes d'hystérie. Leur comportement était typique des coupables qui sentent sur leurs épaules le souffle d'airain de la justice.

– C'est qu'il nous menacerait !... Nous sommes dans nos droits !... Face de pingouin !...

Le dernier commentaire était dit à mi-voix, évidemment. Les lâches savent s'y prendre. Mais leurs propos n'ont pas atteint un homme comme Ulis. Il avait en lui une verdeur inouïe. Je le regardais avec des yeux émerveillés. Ayant tout dit, il est resté silencieux, pour que ses paroles empreignent les esprits. Puis il a tourné le dos.

On a regagné nos étages sous les quolibets.

Certains bénévoles ne comprenaient pas cette façon de s'écraser. Ils voulaient en découdre dans l'instant. Après tout, se disaient-ils, on n'est pas des n'importe qui ! On a terrassé des pollueurs très arrogants ! Des mastodontes du pétrole ont mordu le limon ! Des réchauffeurs de climat ! Des découpeurs d'Amazonie ! On ne va pas se laisser faire !

Ulis sentait bien, lui, qu'un maelström se préparait. Il avait besoin de calmer le rythme. Il avait des responsabilités. Le poids de notre communauté sur les épaules. Il ne pouvait pas déclarer la guerre à la légère. Il a dit :

– Les choses sont claires maintenant. Le deuxième avertissement a été donné. Il n'y en aura pas de troisième.

Puis il a fait un grand geste du bras qui ressemblait à une bénédiction.

– Vaquez à vos occupations. Ne songez pas au passé. Ouvrez votre cœur à l'avenir. Nous avons des missions à accomplir. Les oiseaux, le ciel et la terre ont besoin de notre lucidité. Allez !

Les camarades se sont dispersés, chacun à sa tâche. Ulis m'a fait signe de le suivre.

On est entrés dans son bureau. Il s'est assis, le visage figé, les bras fatigués.

– Julien, Julien… T'es encore jeune, Julien, mazette ce que t'es jeune…

Je me taisais. D'un côté j'étais flatté qu'il m'ait pris seul avec lui, en confident en quelque sorte, d'un autre je ne savais que penser de ce ton mi-solennel, mi-accablé.

– Tu sais quel est notre pire ennemi, Julien ?

J'ai répondu quelque chose comme « le nucléaire » ou « les OGM », je ne sais plus.

– Non, Julien. Tu te trompes. Le voilà l'ennemi. (En disant cela, il a pointé le doigt vers sa poitrine.) On est chacun son propre ennemi. Et celui-là est implacable, crois-moi. Tu as le tien, j'ai le mien, aussi secret et insaisissable que le karma. C'est lui qui nous rend faibles. Il pousse aux compromis… Tu as fumé hier, hein ?

J'ai failli m'évanouir.

– Je l'ai su dès que je t'ai vu ce matin. Les Cow-boys donnent au regard un je-ne-sais-quoi de coupable… Range-moi ces yeux de chien battu. C'est le climat qui règne ici qui t'a fait craquer… Je ne t'en veux pas et je ne dirai rien à Celsa. Va pour cette fois-ci. À l'avenir sois fort, Julien. Combats !… Désormais je ne veux plus entendre parler de Cow-boys, ni même de cigarettes françaises. Nous sommes d'accord ?

J'avais les yeux tellement baissés qu'il me semblait voir ma pomme d'Adam. Elle déglutissait misérablement.

– Allons, ce n'est pas la peine de pleurer. Sèche tes larmes, mon enfant. Nous avons tous été un peu chahutés depuis hier. L'ennemi pousse en chacun de nous ! Il guette le moindre faux pas. Tu crois que je ne vois pas les affres de mes troupes ?... Tous les camarades sont tangents. Celsa déprime. Josas se ronge pour l'affiche. Chatou, Robinson, Saint-Cyr, sont impulsifs comme de jeunes loups. Et moi... Tu sais ce que j'ai, moi ?

J'ai ouvert mes yeux en grand tellement je ne voyais pas ce que le saint homme pouvait se reprocher.

– L'ennui, Julien... Cette monotonie gluante des cheminots à la trentième semaine de grève... Le cafard du prof à la énième étudiante séduite... J'ai l'impression d'avoir déjà vécu – dans une autre vie, probablement – chaque événement qui touche à la Foulée verte. *Enfance et vaccin* excepté... Je suis blasé, Julien. Je me fais vieux.

Comme j'allais protester, il m'a jeté un regard sans appel.

– Pas la peine de se voiler la face. Mon karma n'est pas des meilleurs en ce moment. Le feng shui est nord-ouest. L'année du cheval est mauvaise pour les Capricornes. Mon inconscient clignote à l'orange. Et avec moi c'est toute la Foulée verte qui est menacée… Ce qu'il nous faudrait pour nous réveiller c'est qu'un millier de baleines viennent mourir sur nos côtes ! Qu'une fuite radioactive contamine l'eau de la ville ! Une grande catastrophe écologique ! Ô ce serait… Où sont-elles ? Je doute… Parfois j'ai l'impression que les temps glorieux des Exxon Valdez appartiennent au passé… Laisse-moi.

Il s'est mis en position du lotus.

Je suis sorti, un peu sonné, ébloui par la grandeur de cet homme.

La différence avec paternel criait dans mon cœur. L'un se contentait d'être un rouage du système, tandis que l'autre ! L'un ne remettait jamais en cause les clichés sur le travail ou la famille, clichés qui se transmettaient paisiblement de génération en génération comme de mauvais gènes, alors que l'autre ! L'un était absolument insensible à la magnifique chanson de la nature, aux fluides invisibles qui nous gouvernent, pendant que l'autre !

Comment paternel pouvait-il investir son temps dans un hochet aussi futile que la messe du dimanche alors qu'il y avait des Exxon Valdez de par le monde ? C'était d'un passéisme révoltant. L'essence malfaisante de la mini-bourgeoisie, son pitoyable nombrilisme, son instinct de propriétaire foncier, tous les médiocres renoncements se révélaient dans ce passe-temps improductif. Ah, je pouvais l'entendre, leur prière, comme si j'étais dans leur tête. Aidez-nous, petit Dieu, à compléter nos points-retraite ! Donnez-nous, miséricordieux, de bons feuilletons télé ! Et surtout, faites donc que nos enfants nous ressemblent !

La maternelle, elle, se méfiait de l'Église, du curé surtout, car on le savait hostile au préservatif. Or il y avait un refrain que maternelle me répétait assez, dès que j'en ai eu l'âge, un refrain qui tenait aux risques de l'acte non protégé. Les martingales féminines étaient remplies de virus en embuscade. Ils attendaient que j'y mette les pieds, si je puis dire, pour me saisir à la gorge. C'était son obsession. Elle a grandement contribué à m'aseptiser.

Si seulement paternel avait eu la même persévérance avec la cigarette. Mais non. Paternel ne m'a jamais dit d'arrêter. Laxiste, il se contentait de sucer sa pipe, en me laissant m'enfoncer dans les Cowboys. Moi, son propre fils. Parfois maternelle protestait. La fumée imprégnait ses rideaux et la cendre s'incrustait dans les tapis. Elle n'en pouvait plus de lustrer le cendrier. Elle demandait au paternel d'intervenir. Aussitôt il montait sur son cheval. La liberté ! déclamait-il. Le libre arbitre ! Notre enfant doit choisir par lui-même ! Comme si cette pseudo-liberté laissée à la cigarette pouvait masquer le carcan imposé par la société sur tous les autres aspects de la vie. Peut-être voyait-il dans l'épaisse fumée du salon, qui faisait tousser maternelle, le seul lien familial qui nous unissait encore.

Il n'était que temps de le rompre. Quand je suis sorti de chez Ulis, j'avais en moi, comme un kyste, la ferme résolution de ne plus fumer.

Le soir venu, j'ai pris le bloc de Cow-boys, et je me suis appliqué à l'écraser avec le talon de ma chaussure, passionnément, jusqu'à ce que le tabac giclât comme fiente de pigeon. Sales cigarettes made in USA, pensais-je, jamais plus vous ne me ferez de mal ! La rage que j'avais !

Au lever, j'ai ressenti les tiraillements du manque. J'avais tellement envie d'une taffe que j'ai cru que j'allais trépasser. D'un regard sombre j'ai contemplé les entrailles des Cow-boys qui nageaient au fond de la corbeille. Mes mains tremblaient. Ramasse donc un peu de tabac, me disait une voix doucereuse (curieusement elle avait l'intonation de la cheftaine *Enfance et vaccin*), tu t'arrêteras demain. Une autre voix, ferme et froide, me commandait de partir immédiatement chez la Foulée verte. Rappelle-toi tes belles résolutions d'hier, tonnait-elle.

J'ai concentré ma volonté pour n'écouter que cette deuxième voix-là, que je savais être la voix du salut. Sans autre petit déjeuner qu'un déca, je me suis dépêché de quitter mon logis où je risquais de succomber à la tentation. J'ai attrapé mon vélo, et j'ai pédalé, pédalé ! Les dieux devaient être à mes côtés, ou le feng shui, car à aucun moment mon regard n'a croisé celui d'un café-tabac.

Le souffle court, je suis arrivé au bureau. Notre drapeau vert m'a fait l'effet d'un clairon de cavalerie. Je me suis précipité dans l'immeuble. J'étais sauvé.

J'ai repris mon souffle à côté des poissons rouges. Les bénévoles du matin passaient devant moi, pressés de gagner les étages. Ceux de la Foulée verte me saluaient d'un simple « yo ! », frais et direct, ou d'un « yo, Julien » s'ils se souvenaient de mon nom, ce qui n'était pas évident car je n'étais que stagiaire d'été. Ceux d'*Enfance et vaccin*, ces gosses de riches, ne me voyaient même pas, comme si j'étais un abribus. Ils se roulaient entre eux des bonjours à la brillantine, la politesse bourgeonnait, on aurait dit des cadres sup, mais moi je sentais toute l'hypocrisie de leur petite nature et je bouillonnais. Vous vous croyez civilisés, les apostrophais-je dans ma tête, mais votre blabla n'est que du vent aux bronches, vous n'êtes qu'une bande d'abîmeurs d'affiches, pas respectueuse du travail d'autrui. Vous êtes, ligue de fumiers, très, très loin de la Foulée verte.

Sur ces pensées, l'ascenseur m'a appelé. Je suis entré. J'ai vu notre pingouin amoché et mon sang a fait un looping, et le déca a crié dans mon ventre vide.

Ça s'est produit dans l'instant. J'ai sorti un gros feutre. Entre les jambes de l'enfant brunâtre j'ai dessiné un phallus. J'y ai adjoint deux sphères poilues, remplies de vitalité chaude à ras bord. Ça te fait les pieds, tiens, lopette ! avais-je envie de crier. Puis, sur sa face de dioxine, comme ses yeux suppliants étaient mortel demandeurs de tendresse, j'en ai dessiné un autre, le chinois en pleine gueule. J'allais ajouter quelques mots salés quand l'ascenseur a bipé : j'étais au troisième.

J'ai serré les mains des camarades, j'ai fait des bises. Je me sentais soulagé. Ma tension s'était évacuée par le dessin. Je faisais des blagues, j'étais enjoué.

J'ai croisé Celsa, plus sombre que d'habitude. Elle a dit :

– T'es gai comme un gratuit d'été. Si l'on pouvait avoir ton détachement !

J'ai été déçu qu'elle me parle sur ce ton.

– L'ennemi de bonne écologie l'humeur la Foulée verte n'est bio en rien.

– Mais ouais, cause toujours, a grommelé Celsa. C'est pas toi qui te tapes l'industriel des pots d'échappement.

Et comme on parlait du loup, le voilà qui est apparu à notre étage, le blazer dégarni, la cravate coincée, les chaussures d'un pétrole de catafalque. Un vrai petit uniforme de patron de PME. Nous qui étions plutôt jeans-poncho-baskets, on le regardait avec des yeux d'oiseaux.

– Nous avions rendez-vous, a dit l'industriel de sa voix posée de maître du monde.

Rien qu'à son intonation, je le détestais déjà.

– Et comment ! a fait Celsa en levant discrètement les yeux au ciel. Venez dans mon bureau. Ah, je vous présente Julien. C'est notre stagiaire. Il prendra des notes.

On s'est installés dans les poufs. Celsa s'est mise en lotus. Maladroitement j'ai essayé de l'imiter et je me suis fait mal aux articulations. En guise de compensation, mes yeux ont frôlé sa jambe. Bien malgré eux, ils ont suivi le galbe (dont je ne dirai pas s'il était merveilleux, ou joli, ou attirant, ou envoûtant, car en ce moment je suis libre de pensées sexistes), et pendant une fraction de seconde, j'ai cru observer le papillon blanc de la petite culotte. Tout de suite, j'ai eu envie de fumer.

L'industriel, lui, est resté impassible. Le cul dans son pouf, il a ouvert sa serviette de cuir aux reflets fascisants, d'où il a tiré une enveloppe.

– Votre organisation nous a fait parvenir cette missive recommandée, dont je ne saisis pas le pourquoi du parce que.

À sa manière d'articuler le mot « organisation », on voyait déjà qu'il ne nous portait pas dans son cœur, le pollueur.

– C'est un pacte de non-agression, a expliqué Celsa. Vos pots d'échappement menacent la planète. Des millions de particules de gaz carbonique sortent de vos produits chaque seconde, et vous ne faites rien.

– Par le dragon saint Georges ! s'est offusqué l'industriel. Ce sont les automobiles qui polluent !

Nous, au contraire, on est là pour filtrer. D'ailleurs, grâce à notre nouvelle technologie rhodium sur céramique, nous avons réduit le nombre de microparticules nocives d'un facteur deux virgule trois, sans compter le plomb...

– D'abord, je vous demanderais de ne pas afficher vos croyances religieuses en public, c'est contraire à l'esprit Foulée verte. Il y a ici de jeunes oreilles – elle m'a désigné du menton – qui vous écoutent. Ensuite, vous ergotez. Des polluants sortent-ils, oui ou non, de vos pots ?

Il a plié l'échine, accablé par la logique implacable.

– Vous n'êtes pas en mesure de discuter, a conclu Celsa. Nous avons un dossier sur vous. Il peut être transmis à la presse locale à n'importe quel moment. Et ce n'est qu'une étape. On peut aussi envisager une manifestation devant votre usine, ou, pourquoi pas, un boycott...

La cravate de l'industriel coulait dans le pouf.

– Allons, tout n'est pas pétrole. En un sens, nous sommes de votre côté. Nous voulons vous aider à faire des choix plus respectueux pour la planète. Faites preuve de bonne volonté. On peut négocier. Justement, on cherche des partenaires financiers pour la prochaine Journée du vent...

Il y a eu une pause un peu gauche.

– Loin de moi l'idée de vous forcer la main, mais comprenez que le pacte de non-agression est entièrement à votre avantage : pour une modique contribution volontaire, déductible de vos bénéfices, donc non imposable, vous êtes couverts par la charte de la Foulée verte, ce qui n'est pas rien. Vivez-le comme une assurance.

L'industriel a grimacé saumâtre. Il semblait résigné.

– Et si vous prenez l'option « gold », vous pourrez même apposer notre mascotte du jour, le pingouin, sur vos brochures commerciales. Imaginez : « Machepot – Partenaire de la Foulée verte pour une planète plus propre. » Un argument commercial non négligeable. Bien sûr, c'est un investissement.

Incapable de parler devant tant de perspectives alléchantes, l'industriel a juste fait un mouvement de la tête qui ressemblait à une convulsion. Sans doute avait-il besoin de plus de temps pour saisir les avantages de la formule gold. Celsa n'a pas insisté. Elle a tendu le pacte standard. L'industriel a sorti son stylo de parvenu, un énorme cylindre goudron, et il a paraphé d'une main un peu raide.

Il allait partir.

– Et le petit acompte ?

L'œil vitreux, il a tiré le chèque.

– Et un petit sourire ? a insisté Celsa avec une intonation de potache.

Elle cherchait à détendre l'atmosphère, mais sa tentative a glissé sur la veste de l'industriel. Le visage cireux n'a pas bougé.

Puis on l'a raccompagné. Il a refusé de nous serrer la main. Ses chaussures bitume ont claqué des talons sur le pas de l'ascenseur.

– Je ne le sens pas, ce type, a commenté Celsa. Est-il concevable d'aimer son argent à ce point ?

– Sam Sam oncle, ai-je dit, car je savais que cela lui ferait plaisir.

Elle m'a souri, et pour la première fois j'ai cru déceler dans son expression les prémices de l'amitié. Y avait-il aussi – j'ose le mot – un brin de coquetterie ? Toujours est-il que l'envie de fumer est revenue d'un coup. J'ai serré mes poignets.

– Enfin, ça nous fait quand même un contrat de plus. Allons l'accrocher au tableau d'honneur.

C'était là que se rassemblaient les camarades quand il y avait un événement et que s'affichaient les réussites de la Foulée verte.

On est donc allés au tableau d'honneur, et là on a vu une dizaine de gratuits qui chahutaient. Certains se chatouillaient, d'autres se chamaillaient gentiment, çà et là de grands éclats de rire perçaient les visages, la bonne humeur gambadait.

– Que se passe-t-il ? a demandé Celsa.

– Tu ne sais pas ?... Regarde dans l'ascenseur !

– Comment qu'il est arrangé, le môme *Enfance et vaccin* !

– Un vrai bonheur !

– J'ai failli attendre !

Celsa s'est éclipsée pour un instant, elle est allée vérifier, et moi pendant ce temps je ne savais que penser. D'un côté j'étais content de voir mes camarades de si bon entrain. De l'autre, l'attitude de notre chef Ulis m'est revenue en mémoire, la façon dont il était resté calme sous les attaques, et je me suis demandé si je n'avais pas agi à la va-vite.

Justement, il nous observait depuis la porte de son bureau. Il était immobile et concentré comme s'il étudiait un phénomène météorologique. Son front, tout empli de pensées dont l'essence nous dépassait, n'exprimait aucune contrariété. Je me suis décrispé un peu.

Celsa est revenue, furieuse, on aurait dit qu'elle avait trouvé une plate-forme pétrolière échouée.

– Qui a fait ça ? a-t-elle grondé, et tous les gratuits ont courbé les épaules face à l'éruption volcanique. Qui d'entre vous a osé accomplir la sinistre besogne ?

Le ton était sans appel. J'ai compris immédiatement que mon séjour au sein de la Foulée verte touchait à sa fin. Je n'aurais pas d'attestation de stage et je ne pourrais rien mettre dans mon cévé. Mes belles espérances se fracassaient.

Pire que ces considérations matérialistes, me taraudait le sentiment d'avoir déçu l'encadrement. Faillir à sa tâche est déjà suffisamment pénible en soi, mais quand cela arrive devant des pointures comme Ulis ou Celsa, l'humiliation est particulièrement mordante. S'y ajoutait, pour moi, le souvenir d'une malheureuse histoire de chat.

On a chacun une zone d'ombre que l'on traîne depuis l'enfance. Moi, c'était le chat. Je n'avais pas dix ans. Vous savez les bêtises que l'on peut faire à cet âge. Je m'amusais dans le jardin de notre pavillon propret avec des camarades de classe. On s'était mis dans la cabane du fond. On jouait à la pichenette.

Pour notre malheur, un chat errant est passé par là, une bête affreusement sale, au regard méchant. Le genre de chat qui n'hésiterait pas à dévaliser une poubelle ni à mettre le souk dans le tri des déchets. Il avait une curieuse manière de fermer la gueule en un rictus comme s'il se moquait de nous, et ça nous a mortel énervés.

On l'a chopé.

Je précise tout de suite que ce n'est pas moi qui ai eu l'idée de le ligoter. Ni de mettre l'eau à chauffer. J'ai juste apporté les ustensiles de cuisine, dont la passoire à manche long.

On le tenait le ventre en l'air (pas moi, devrais-je souligner, car je tenais la passoire), le mec Gilles versait l'eau bouillante, et Zed dirigeait les petits filets fumants depuis la passoire jusqu'aux parties honteuses. Le chat ne souriait plus, je vous le garantis. Comme il puait ! C'était terrible. Je crois que je n'oublierai jamais.

Il miaulait aussi, c'était gênant, et on a été obligé de boucher sa gueule avec des feuilles de magnolia. Après deux bouilloires, il a fini par se taire. On s'apprêtait à le relâcher, car c'était l'heure du goûter, quand mon paternel est entré brusquement dans la cabane. Mes camarades, suivant le schéma mental des poltrons, se sont dispersés en courant, me laissant avec le matériel sur les mains. Le chat était revenu à lui et miaulait comme un porc, si je puis dire.

J'ai bafouillé des explications, en essayant de faire la part des responsabilités, mais plus ça allait, plus je m'embrouillais, et par-dessus venait tout de même un sentiment de malaise. Quelles qu'aient été mes excuses – mon jeune âge, l'engrenage des camarades, la difformité du chat, etc. – j'avais commis un péché contre la cause animale. C'est de ce jour-là que datent mes problèmes d'élocution.

Le soir du méfait, j'ai eu droit à un cours de morale, ce qui était particulièrement vexant de la part du paternel, cet homme lâche, sans aucune vision écologique. À l'époque j'étais petit, je ne pouvais pas lui répondre. Pourtant le moindre de ses choix de vie quotidienne entraînait des crimes contre la nature bien plus affreux que ma participation malheureuse à cette affaire de chat. Lui était-il seulement arrivé de songer aux quantités d'eau potable gaspillées parce que monsieur aimait se laver deux fois par jour ? Et je ne parle pas du foie gras qu'il mangeait à Noël et ailleurs, sans le moindre scrupule à jouer au gastronome, tandis que de pauvres bêtes agonisaient pour son plaisir. Les écrevisses que paternel ébouillantait pour son anniversaire, en quoi étaient-elles mieux loties ?

Non, je ne lui ai jamais pardonné de m'avoir surpris dans la cabane, lors de ce moment de faiblesse. Le soir même, je me suis promis de le remettre à sa place. Pendant toute mon adolescence, j'ai pris un malin plaisir à dévoiler ses manquements à l'écologie. Chaque jour je soulevais un coin de son hypocrisie mini-bourgeoise. J'y découvrais forêts saccagées et fleuves asséchés, ressources naturelles gaspillées et espèces menacées. Et mon dégoût des hommes progressait à mesure que je les jaugeais à la lumière du paternel.

Pour ce qui est du chat, ne croyez pas que je ne ressens plus de honte aujourd'hui. C'est pour cela que j'en parle, en toute humilité, pour exorciser tous mes démons. Encore qu'un chat n'est pas le bout du monde. Les animaux qui se sont habitués à la compagnie des hommes ne méritent que le mépris. Les chats particulièrement, quand on songe à ce que la société dépense comme énergie à fabriquer leurs croquettes, litières et colliers antipuces, rapportée à leur utilité. On n'a jamais vu un chat guide d'aveugle. Loin de moi l'idée de soutenir les vaccins, mais ils n'ont pas tort quand ils disent qu'un chat de race, dans une ville comme Paris ou Londres, mange plus qu'un enfant brunâtre du Bangladesh.

Bref, ayant en tête cet antécédent traumatisant du chat, où ma déconvenue devait davantage à la découverte du péché par le paternel qu'au péché lui-même, j'ai eu la tentation de ne rien dire. Après tout, plusieurs dizaines de camarades travaillaient ici. N'importe lequel d'entre eux aurait pu être à ma place.

Je n'ai pas pu. La Foulée verte m'a sauvé de l'intérieur. Elle m'a poussé dans le dos, et je me suis dénoncé.

– Me, ai-je dit en faisant un pas vers le destin.

– Toi, Julien ?

Celsa était incrédule. Une larme de regret, charriant mille rasoirs, a descendu sur ma joue.

Il en fallait davantage pour l'attendrir.

– Et moi qui pensais que tu étais un élément d'avenir ! Que l'on pouvait te nominer à ta première étoile d'ici la fin de l'été ! Qu'un jour tu pourrais prétendre à devenir responsable ! Ah, tu m'as éblouie !... Regarde-moi quand je te parle !

Je n'y arrivais pas, j'avais mortel d'eau de mer dans les yeux.

– On se croirait dans les toilettes d'une station-service. Te rends-tu seulement compte ?... Ton gribouillis cochon est une attitude sexiste, digne du plus misérable réactionnaire ! Et ces grosses… ces grosses… choses… poilues… Ah, aujourd'hui est un jour obscur !

À cet instant, les forces m'ont quitté et je suis tombé à genoux.

Sortant de sa réserve, Ulis s'est avancé vers nous.

– Relève-toi, Julien ! a-t-il commandé, mais je n'y arrivais pas, c'étais comme si je n'avais plus de jambes.

J'ai tendu vers lui mon visage baigné de larmes.

Ses lèvres ont bougé dans un chant muet. Sa main s'est posée sur mon front.

– Lève-toi !

Il y avait dans son intonation une telle fermeté qu'on aurait dit qu'il pouvait arrêter la Terre.

Mes tendons se sont ranimés tout seuls, mes muscles se sont gonflés, le sang a circulé à nouveau, un sang tout neuf, et j'ai senti mon corps qui se soulevait comme si on le tirait à la grue. Je me laissais flotter, sans autre pensée que l'émerveillement devant la puissance mystique de cet homme.

Puis il m'a donné un mouchoir.

– Ne dramatisons pas, a-t-il dit de sa voix calme comme l'Himalaya. Julien n'a pas pensé à mal. Il n'a fait que suivre les pulsions naturelles de l'instant. Il a été l'instrument de nos désirs enfouis, et l'on voudrait le punir ?

Celsa restait silencieuse. Ulis lui a pris la main.

– Maîtrise ta juste colère. Regarde tes camarades. Dans le contexte *Enfance et vaccin*, le geste de Julien, quoi que l'on puisse en dire quant aux formes, a redonné du tonus à l'équipe. Cela fait des jours que je languis de tels éclats de rire dans nos couloirs. Il faut parfois des soupapes.

Voilà ce qu'il a dit, le grand homme, et Celsa n'a pu que tomber d'accord. De nouveau, elle me regardait gentiment, ou presque.

– C'était rapport au sexisme, se justifiait-elle.

– Là, nous sommes d'accord, a dit sévèrement Ulis. Mais Julien va faire pénitence. D'abord, il va réparer sa faute, hein Julien ! Qu'on se le dise : le sexisme ne passera pas ! Surtout dans l'ascenseur de la Foulée verte ! Puis il fera ce soir quelques travaux d'intérêt général, le couloir à laver, la porte à repeindre. Et pour avoir fait preuve d'initiative personnelle sans en référer à des gradés, il reçoit un avertissement qui sera porté sur sa fiche de comportement.

Je m'en sortais plutôt bio.

Ce jour-là, dès que j'ai eu un moment de temps libre, je suis retourné à l'ascenseur. J'ai frotté un peu l'enfant brunâtre, sans résultat. Le feutre ne partait pas. Il n'y avait pas moyen. J'ai essayé de hachurer les phallus, mais ça faisait deux gribouillis dont la forme restait explicite. Que faire ? J'avoue que je me suis mortel énervé. D'un geste rageur, j'ai ajouté deux sexes féminins à mes deux zouaves. Ils tournoyaient autour de l'enfant brunâtre avec des airs menaçants. Au moment de les terminer, comme je plaçais la cerise, j'ai eu une forte envie de fumer. Je n'ai pas craqué, oh non ! Je me suis mordu l'intérieur des joues. Puis j'ai appelé à moi des images horribles de baleines en décomposition et j'ai noirci mes dessins sexistes du mieux que je pouvais. L'envie est passée.

Le soir, je suis resté seul dans les locaux à manier la serpillière. Les bureaux vides emplissaient mon cœur de mélancolie cirée.

J'ai essoré, j'ai mis de la Javel, j'ai lustré. Il était onze heures. La fatigue me brisait. J'ai fermé la porte principale et je suis descendu au garage pour récupérer mon vélo. En sortant sur le parvis, j'ai jeté un coup d'œil sur notre bâtiment : certaines fenêtres des quatrième et cinquième étaient encore éclairées. Les vaccins travaillaient encore, ces fayots, comme s'ils voulaient signifier à l'Univers que les nobles causes leur tenaient davantage qu'à nous, les paladins de la Foulée verte, nous qui n'avions de leçons à recevoir de personne. J'en ai conçu une grande humiliation.

En faisant un effort pour rester dans l'ombre, j'ai ramassé du gravier que j'ai lancé contre leur fenêtre la plus proche. C'était une réaction de gamin, je ne le nie pas, un geste entièrement en effraction avec ce que nous avait enseigné Ulis. Les pulsions du jeune corps ne connaissent pas la raison.

Le quatrième était mortel loin et mes graviers ont rebondi sur nos propres vitres, un étage plus bas.

– Ha manque de préhision ! a fait une voix dans mon dos.

J'ai fait un demi-tour : personne. J'ai tourné la tête, un peu affolé : personne. C'est alors que j'ai eu l'idée de regarder vers l'entrée du parking, et j'ai vu le handicapé dans son fauteuil. Il se dirigeait vers moi. Eclairé par la lumière glauque de la minuterie, il était si pâle qu'on aurait dit un albinos. Ses mains semblaient couvertes de farine. Sur son visage poussait un sourire infect.

La vision était maussade. Les quelques graviers qui restaient me sont tombés des mains.

Je me suis dépêché de sauter sur le vélo, j'ai appuyé sur les pédales, j'ai fendu la nuit. Derrière moi – ce devait être le vent qui sifflait à mes oreilles – je croyais entendre le rire handicapé. Mes pieds moulinaient comme des enragés. En un souffle je me suis retrouvé devant chez moi. Je suis entré et j'ai calfeutré.

Cette nuit, j'ai eu du mal à trouver le sommeil. J'avais l'impression que le monstrueux triso m'agrippait de ses pinces. « Viens hé moi, petit Ju », semblait-il dire. « Notre immeuble est huste à côté, Juju. He te donnerai des higares. » Et son haleine ! L'horreur visqueuse de la cendre moisie.

Pas étonnant que je manquais de tonus le lendemain. Mes cuisses ne répondaient pas. Je pédalais sans aucun enthousiasme. À chaque croisement, je redoutais de voir surgir l'infâme fauteuil. Je m'arrêtais sur le bas-côté pour vérifier qu'il ne me suivait pas à mon insu. Naturellement je suis arrivé en retard.

D'habitude personne ne l'aurait remarqué. Depuis longtemps la Foulée verte est une adepte des horaires flexibles. On s'organise comme bon nous semble, car c'est la nature qui est notre priorité, et non un hypocrite tribut aux normes sociales héritées de l'ère taylorienne. Mais ce jour-là devait être marqué d'une pierre mazoutée car dès que j'ai gagné mon étage, j'ai été accueilli par l'ensemble de nos gradés, en demi-cercle devant le panneau d'affichage. Les visages solennels mitonnaient une tension.

– Enfin te voilà ! a chuchoté Celsa. Ulis t'attendait pour faire son discours. Tu as ton cahier à spirale ? Il s'en est passé des drôles, cette nuit !

Ulis était perché sur une tribune de bottins. Ses bras, parfaitement détendus, se maintenaient le long du corps. Les paumes étaient tournées vers nous, en signe de tolérance. On aurait dit qu'il était en lévitation majestueuse.

Ayant deviné ma présence à ses côtés, il a ouvert les yeux. Il a parlé.

– Camarades ! Cette nuit, à la faveur de l'obscurité, des actes lâches de malfaisance se sont produits contre la Foulée verte. À mon grand regret, notre affiche de l'ascenseur a été complètement arrachée. Ce n'est pas tout. On a jeté des pierres contre notre baie vitrée du troisième qui a été rayée de multiples impacts disgracieux. Enfin, j'ai reçu ce matin une lettre du propriétaire de nos locaux, lequel mini-bourgeois s'estime en droit de nous réclamer une hausse de 30 % de loyer. Je cite : « Suite à la judicieuse remarque d'un de vos voisins d'immeuble, et en vertu des prix pratiqués par les locataires dans des étages contigus aux vôtres, je suis contraint de relever vos mensualités. » Il va sans dire que nos finances ne peuvent supporter pareille augmentation sans porter gravement préjudice à nos activités, à commencer par la prochaine Journée du vent qui devra être annulée.

Ulis s'est tu. Des clameurs de colère ont fusé de nos bouches outrées. Josas agitait ses poings. Saint-Cyr grognait des insultes.

Ulis a fait des mouvements circulaires comme s'il caressait les cris qui virevoltaient autour de lui.

– Camarades. Face à l'agression caractérisée dont la Foulée verte a été la victime, afin que cessent ces attaques qui nuisent à notre capacité de promouvoir la paix et le bonheur dans le monde, le comité des responsables réuni ce matin en session extraordinaire a décidé, à l'unanimité et suivant ma recommandation, de qualifier nos relations avec *Enfance et vaccin* comme ayant basculé vers la *guerre*. Nous le déplorons, mais nous restons fermes. Cette situation durera tant que les dommages subis ne seront réparés, et des excuses présentées.

Voilà les mots précis. Ce moment historique figure dans le cahier. La guerre nous a recouverts de son manteau de vérité.

« À cet instant, Julien, n'y avait-il rien à faire pour éviter l'escalade ? » me demande-t-on naïvement. « Une affiche arrachée et quelques gravats dans les vitres ne suffisent pas à déclencher un conflit, tout de même ! »

Certainement. Quand on regarde la situation à froid, de l'extérieur, en ayant en tête les événements dramatiques qui ont suivi. Certainement. Il y a de quoi réfléchir. Les conséquences d'une guerre sur les populations innocentes provoquent une juste frayeur. On a tendance à critiquer les chefs. « Ils n'avaient qu'à pas perdre leur sang-froid ! » entend-on. Sans se rendre compte que dans bien des cas la Guerre est une Vénus redoutable. Elle féconde le vide et s'engendre toute seule. Essayez un peu de vous glisser dans la peau d'un Poincaré en 1914 ou d'un François Ier en 1515, et vous verrez qu'ils n'étaient pas plus responsables de la Guerre qu'un paratonnerre ne peut l'être d'un orage.

Fallait voir avec quel enthousiasme la Guerre a été accueillie chez nous. On aurait dit le Messie (je m'excuse d'employer ici un terme religieux qui peut heurter certaines sensibilités, mais je n'ai pas d'autre mot). Les frustrations des derniers jours, l'ennui qui s'était accumulé chez les bénévoles et dont avait parlé Ulis, les torpeurs, tout ce qui plombait notre karma avait disparu devant les urgences de la Guerre. On se découvrait un but immédiat. Les consciences étaient soudées. Une centrale nucléaire avait explosé.

La Guerre! Chacun à son poste. La Guerre! Les efforts de chacun pour le bio d'une prospérité commune. La Guerre! La défense de la cause juste. La Guerre! Nos idéaux ne plieront pas devant la barbarie. La Guerre! Les pensées se bousculent, le mot magique s'y déploie en lettres de feu, et l'on bénit le destin qui a su nous faire naître au bon moment.

Ulis a tempéré nos ardeurs.

– Allons, disait-il sans conviction, vous n'êtes pas des enfants. Quelle que soit la légitimité de notre colère, nous devons tout faire pour parvenir à nos fins le plus pacifiquement possible, en ayant à l'esprit la force morale de la Foulée verte.

Un courrier diplomatique a été envoyé à nos ennemis, leur signifiant nos nouvelles dispositions. La cheftaine en a pris acte, et nous a fait savoir qu'elle nous mandait nous faire forer, très profond et douloureux, et qu'elle nous donnait, à son tour, trois heures pour remettre en état l'enfant brunâtre qu'elle estimait souillé.

Il n'était pas question de s'incliner devant son arrogance et sa vulgarité.

On est allés dans la cage d'escalier. On leur a crié des insultes potelées, où l'on parlait de leurs pères et mères, qu'on associait à diverses positions avilissantes, inconnues du monde animal. J'y ai participé avec enthousiasme, ayant moi aussi dans la tête l'image exécrable de mes parents. Tantôt je les voyais vautrés dans le canapé du salon, à feuilleter avec leurs doigts en cul-de-poule un catalogue Cézanne, tantôt ils regardaient le *Nouvel échiquier*, le paternel fumait la pipe en se donnant des airs d'Abraham Lincoln, la maternelle reprisait mes pull-overs – infâmes spectacles de complaisance mini-bourgeoise, alors qu'il y avait tant de combats à mener.

Josas et Saint-Cyr, de leurs voix viriles, entraînées à hurler contre les forces de police, faisaient sursauter le papier peint.

Eux, embouteillés à leurs étages, nous renvoyaient des mots odorants, seulement je dois dire qu'ils manquaient de souffle. Il y avait une grande proportion de femmes chez les vaccins. Que voulez-vous, les femmes ont toujours eu un faible pour les causes nunuches, celles des enfants en particulier. Bref, leurs voix fluettes et haut perchées ne faisaient pas le poids. On les écrasait. C'était de bon augure pour le reste du conflit. À la fin de l'après-midi, même si Josas avait les cordes vocales fêlées, le moral resplendissait, on se croyait invincibles.

Pour fêter cet état d'esprit, Ulis a fait venir une caisse de limonade que l'on a dégustée en chantant des berceuses de guerre. Josas a sifflé le *Pont de la rivière Kwai*, puis on a entonné un *Contre les viets, contre l'ennemi*, où l'on a pris soin de remplacer « les viets » par « les q'cins », diminutif d'*Enfance et vaccin*, car « viets » est une appellation péjorative, dégradante pour les hommes et les femmes du Viêt-nam. Et même si certains se trompaient parfois, car les paroles changeaient au gré de notre inspiration et de la quantité de bicarbonate dans le sang, le concert a été mémorable. Encore aujourd'hui, quand la mélancolie du temps qui passe me saisit, j'entends le chœur de bénévoles qui s'époumone dans la nuit :

« *Ô légionnaires,*
le combat qui commence,
met dans nos â-a-meeuh
enthousiasme et vaillance ! »

Quel vacarme ça a été…

La réalité de la guerre nous a rattrapés le lendemain. La mauvaise nouvelle est venue du parking.

Aux alentours de midi, Malabry est descendu chercher sa bicyclette pour aller manger. On l'a vu revenir avec des yeux excrânés. Il tenait une pompe à vélo amochée.

– Les vaccins ont bousillé mon Peugeot, pleurnichait-il.

Quoi ? comment ? – on s'est agglutinés autour de lui.

Il faut rappeler qu'avant l'arrivée des vaccins, on avait le parking pour notre usage exclusif. On avait pris l'habitude de laisser les vélos près de la sortie, dans les rectangles destinés aux voitures. C'était mieux éclairé et l'on se sentait moins à l'étroit. Les vaccins, eux, venaient en voiture, pour la plupart.

Ce jour-là, ils ont voulu récupérer ce qu'ils considéraient comme leur territoire de droit (peut-on être aussi mesquin, franchement, alors qu'il y avait de la place à profusion) et ils ont poussé nos vélos jusqu'au coin le plus sombre, où de l'eau d'infiltration avait créé une marre artificielle. Vous pensez peut-être qu'ils les avaient pris un par un, au moins, pour ne pas abîmer les chromes, ou rayer le métal ? Va mourir ! Le vélo de Malabry avait été traîné sur de l'asphalte rugueux, des rayons étaient tordus, un pneu était à plat et la sonnette pendait comme une suppliciée. La sacoche, qui contenait des documents vitaux pour l'organisation de la Journée du vent, était imbibée d'eau.

– Un Peugeot tout neuf !

– Ah ! les sarcomes !

– Le tout pour garer des voitures de beauf' !

On était furieux.

Ulis a convoqué le conseil de sécurité. On a discuté des représailles que l'on était en droit d'effectuer. Celsa a pris la parole.

– Ne vous méprenez pas. Le parking est un endroit stratégique pour notre immeuble. De nombreuses lignes de soutien y passent (évacuation des eaux, compteur électrique, prise de terre, etc.).

N'oublions pas qu'il représente une deuxième entrée possible. On ne peut laisser le contrôle du parking aux vaccins sous le seul prétexte qu'ils ont des voitures. C'est parce qu'il avait négligé l'Afrique du Nord qu'Hitler a perdu la guerre.

– Nous aussi on pourrait avoir des voitures, a murmuré Malabry en regardant piteusement sa pompe amochée.

Les regards sombres des camarades l'ont vite rappelé aux réalités de la Foulée verte.

– Non, a confirmé Ulis. Nous avons des principes éthiques, nous. La voiture est l'ennemi du collectif des organismes vivants. Nous prendrons un autre chemin. Pour commencer, nous ferons du taï-chi-chuan.

Comme on sortait du bureau, Celsa m'a expliqué :

– Le taï-chi-chuan est une discipline où l'on maîtrise ses flux d'énergie. Pour être bio dans son corps. Tu verras, ça relaxe. On voit le monde positivement. On trouve une place dans le cosmos.

Les bénévoles se sont déployés dans le couloir. On s'est mis en rectangle, à deux coudées environ les uns des autres. De partout, on a entendu le craquement des articulations. J'observais attentivement les gestes des camarades expérimentés et j'essayais de les imiter.

Le taï-chi-chuan ressemble à de la danse sur place, mais sans autre musique que celle de l'harmonie du geste. Les mouvements se font au ralenti. Il est très difficile de ne pas perdre l'équilibre. Il faut penser à respirer et rester humble.

La première figure que l'on a faite s'appelait le « singe ». Il fallait repousser l'animal qui tentait de prendre place en nous, en le faisant fuir d'une rotation déliée du poignet. Ulis commandait.

– Va-t'en le singe !

Et en effet, au bout d'une dizaine de minutes de pratique, on sentait la souplesse arriver, une certaine maîtrise de soi, comme si l'on flottait entre faux plafond et moquette. Pour la première fois, j'ai eu l'impression d'accéder à mon alchimie intérieure.

Ulis nous a laissés souffler. Le deuxième mouvement s'appelait la « guêpe ». Et là, on est entrés dans le cœur du sujet.

– Josas, les clous !

Chacun a pris un clou de menuisier dans la main droite. Il fallait lever doucement le bras, un mouvement imperceptible, presque inexistant, jusqu'à ce que l'acier devînt une extension du corps, le dard de la guêpe. À cet instant, il était primordial d'éviter le péché d'orgueil. Ce n'était pas parce que l'on avait réussi ces quelques déplacements simples que l'on avait tout compris du taï-chi-chuan.

La guêpe était un mouvement d'inspiration guerrière, car aussitôt après, Ulis a crié :

– Et maintenant, au parking !

Nous sommes descendus, clous en main.

Il était une heure, les vaccins étaient sûrement au réfectoire, où ils mangeaient de la viande, ces primates, ce qui leur garantissait une digestion difficile, faite de bâillements et de transit ralenti, on ne risquait pas d'être surpris. Toutefois, pour ne prendre aucun risque, Ulis a fait poster une sentinelle aux abords de l'escalier. Il a ordonné :

– Neutralisez-moi la vidéosurveillance.

Aussitôt Saint-Cyr, qui était le plus grand d'entre nous, a déplié son bras et bouché la caméra avec un autocollant arc-en-ciel.

– En position !

Les pieds glissaient naturellement vers la voiture d'un vaccin.

La mienne était une Roland-Garros minable.

J'ai plié les genoux. Me voici au ras de l'asphalte. Le pétrole du pneu m'a jaugé de son regard mat. Plus pour longtemps.

– Tous ensemble !

Le dard s'est abaissé. Un court mouvement horizontal a suivi, juste au-dessus de la jante. Je me suis aidé du talon. La voiture a émis un grognement et s'est affaissée. Le sapin déodorant accroché au rétroviseur a courbé l'échine. Paternel en avait un semblable dans sa Volvo chérie. Je me suis réjoui.

Je n'étais même pas fatigué.

Le pied droit a fait un écart et le dard a changé de main.

J'ai recommencé la procédure sur l'autre pneu, et bientôt la Roland-Garros était à genoux, elle priait ses dieux invisibles, elle y mettait tout son espoir d'automobile mourante.

Par-dessus le chuintement, Ulis a crié :

– On leur fait l'hippopotame !

La figure de l'« hippopotame » consistait à se laisser tomber de tout son poids sur le capot d'une voiture pour y laisser une flétrissure.

« Dis donc, Julien, à aucun moment, tu ne t'es rendu compte que c'était du vandalisme ? » me demande-t-on parfois quand j'arrive à cet endroit du récit. « Toi, un garçon de vingt-cinq ans ! »

Stop. On arrête de dramatiser. Notre geste était avant tout symbolique. Les dégâts étaient limités. Quelques pneus, quelques carrosseries. On aurait pu casser des pare-brise, voler des autoradios, que sais-je encore. On ne l'a pas fait. La voiture ne mérite pas mieux, pourtant. Quand on pense au nombre de morts sur les routes.

Vous oubliez aussi le comportement inqualifiable des vaccins. Ce n'était pas une question de vélos. Peu importe les vélos, après tout ce ne sont que biens matériels. Mais songez à la lâcheté morale qu'il faut avoir pour se plaindre à un propriétaire. Ils n'avaient pas cherché à diminuer *leur* loyer, ce qui aurait été légitime. Non, c'était le nôtre qui les préoccupait, trop petit qu'il était à leurs yeux. Vous voyez leur nature nocive ? Et vous voudriez les protéger ? Non mais franchement ! Un hippopotame lapidaire était la seule réponse digne que l'on pouvait opposer à leur violence.

Ulis a montré l'exemple. On l'aurait dit inapte à l'hippopotame, lui qui était plutôt maigre. Pourtant, après l'exercice, on a dû admettre que ses flétrissures étaient les meilleures, et de loin. L'harmonie intérieure de cet homme était tout bonnement stupéfiante.

– Quand il est en forme, il est capable d'arrêter son cœur, m'a soufflé Celsa avant de se laisser tomber sur le capot d'une Mégane.

Dans sa chute, j'ai aperçu la naissance des cuisses (qui était également celle des fesses), et ma main a touché machinalement la poche revolver où je mettais d'habitude mon paquet de Cow-boys.

Je n'ai pas eu le loisir d'étudier plus avant ce sentiment de manque préoccupant car on a entendu le « ya ! » d'alerte de la sentinelle.

– Pas de panique ! a dit Ulis. Plan de repli par l'ascenseur. Josas, tu bloques l'accès à l'escalier. Exécution !

En bon ordre, par paquets de dix camarades, on s'est dépêchés de monter.

– Et nos vélos ? a demandé Josas. On les laisse ici, à leur merci ?

Alors Ulis nous a gratifiés de sa voix succulente :

– Bienheureux le général qui sait où l'ennemi attaquera.

On a médité cette vérité le temps de trois battements de cœur, puis Saint-Cyr a enlevé l'autocollant arc-en-ciel, et nous avons quitté les lieux de notre première grande bataille.

Un peu plus tard dans l'après-midi, nous avons appris que nos vélos avaient été explosés.

– J'espère qu'ils se sont déchaînés, a dit simplement Ulis. Quand la libération d'aigreur se fait sans méthode, des troubles sont à craindre à moyen terme pour l'équilibre de l'organisme. Ils auront des indigestions, des insomnies... J'y pense, on doit pouvoir récupérer la bande de la vidéosurveillance. Si jamais les vaccins veulent nier l'évidence...

Il a levé l'auriculaire.

Aussitôt Saint-Cyr s'est mis en chasse, avec sa productivité habituelle, son pragmatisme. À peine une heure plus tard, il nous ramenait une cassette.

– Mission accomplie. La société de surveillance s'est ouverte à mes arguments. Elle ne veut pas d'ennuis. J'ai pu obtenir une copie de la tranche 14h-15h. C'est du joli. On entend bio les hurlements d'intolérance ainsi que les carillons de nos sonnettes que l'on casse. L'ennui c'est qu'ils ont mis du sparadrap sur la lentille. On ne voit pratiquement rien.

Déçu, il l'était, le grand Ulis.

– Les ténias ! jurait-il. Ils ne sont pas nés de la dernière. Que cela nous serve de leçon. Ne jamais sous-estimer son ennemi.

– On les a privés de leurs engins polluants, c'est déjà ça, a remarqué Celsa. Leur mobilité est maintenant réduite.

La nôtre l'était également. Le soir, je suis rentré à pied. Deux kilomètres cinq cents jusqu'à l'hypermarché, puis encore deux kilomètres par la nationale. J'en ai profité pour réfléchir à ces formidables choses que j'avais apprises, du taï-chi-chuan à l'art du commandement. Cependant, un événement en particulier m'obsédait. Ce que j'avais vu de Celsa était très troublant. Je ne sais pas si c'était l'air frais ou quoi, mais je sentais en moi des élans étranges, une force chamallows, et ces images, ô combien attirantes, me tiraillaient. Je savais pertinemment que mes envies ne devaient pas être compatibles avec la Foulée verte, car je désirais la femme pour son physique et non pour son intellect, et j'avais un peu honte.

Pour me calmer j'ai acheté un paquet de Cowboys. Je ne voulais pas en fumer, non. En réalité, si, mais pas au point de rompre ma promesse à Ulis. J'ai combattu une faim par une autre.

L'astuce a très bien marché. Parvenu chez moi, je suis resté longtemps à regarder ce paquet qui m'inspirait convoitise et dégoût. Plus je le regardais, plus la femme s'estompait devant les Cow-boys. Elle se fondait dans leur cavalcade comme deux couleurs qui se mélangent.

La poussière des sabots flottait maintenant sur le paysage. Mêlée à la sueur des hommes et au souffle des bêtes, elle s'enroulait autour de mes papilles, je l'aspirais sans la garder longtemps en bouche, comme un novice, je la crachais pour m'admirer à l'exercice, comme j'avais fait la première fois, onze ans plus tôt.

Ne croyez pas que l'on fume par rébellion. C'est tout le contraire. Le conformisme, voilà ce qui pousse vers la cigarette. L'envie de ressembler au mec Gilles, qui levait fille sur fille pendant que je stagnais avec mon défaut d'élocution.

J'étais en quatrième. J'ai été faible. J'en ai pris une.

Tout de suite je me suis senti mieux dans ma peau comme si on m'avait mis entre les lèvres un bâtonnet de maréchal. Pendant quelques mois je me suis surpris à vivre comme les autres. Je ne brillais toujours pas au collège, où je me maintenais à B dans toutes les matières, mais je suis devenu plus ouvert, j'ai eu d'autres amis que le mec Gilles et Zed. Pas étonnant que je sois devenu accro.

À quinze ans, je fumais déjà mon demi-paquet par jour.

Pourtant je ne suis jamais arrivé à me débarrasser d'un sentiment de malaise, comme si en fumant je transgressais quelque principe fondamental. C'était d'autant plus remarquable qu'à l'époque je n'avais pas encore pris pleinement conscience des dangers moraux de la cigarette. Je savais bien sûr pour le cancer et l'accoutumance, mais je ne voyais pas au-delà. L'exploitation des pays pauvres, la pollution de la planète par les usines de façonnage, la déforestation massive pour permettre les plantations de tabac, tous ces aspects pétrole de la cigarette ne me sont apparus que plus tard, mortel tard.

Après le bac, mes yeux se sont enfin ouverts, et j'ai essayé de lutter. Je me battais comme un diable mais les dés étaient pipés. Outre l'accoutumance, qui avait déjà fait son ravage, les Cow-boys trouvaient dans ma libido une alliée redoutable. Car c'était à la cigarette que je devais mes rares conquêtes féminines. Le bégaiement inhibait mes capacités sociales. Même s'il n'y avait pas de quoi fouetter un chat, si je puis dire, il se dressait comme les Alpes entre moi et les autres. De fait, la cigarette a été ma seule attache sociale. Un tiret entre moi et ce cloaque fait de jeunes gens qui mordaient dans la vie. J'entrais dans un bar, j'allumais ma clope, et ça y était, je me fondais dans le moule, j'étais comme eux, je n'avais pas à parler, je faisais illusion.

Il a fallu attendre mon stage à la Foulée verte pour que la bataille contre la cigarette prît un tournant plus favorable. Pourtant ce n'était pas gagné, loin de là ! Il y avait Celsa et ses formes envoû... Voilà, ça m'a échappé, j'ai encore réduit la femme (et quelle femme ! la vice-présidente en personne) à des images sexuelles stéréotypées. Décidément, je suis bio faible, une larve pour tout dire.

Retournons à ma chambre.

J'en ai pris une, je l'ai mise en bouche sans l'allumer, et j'ai aspiré de la fumée imaginaire. Ces mimiques m'ont soulagé complètement, je n'ai plus pensé à la femme, je l'ai oubliée, et j'ai pu m'endormir.

Mon sommeil a été agité. Cette nuit-là j'ai fait un rêve qui a été prémonitoire à bien des égards.

Je marchais sur un pont sans fin. Au loin, quelque part sur la ligne d'horizon, on devinait un globe lumineux d'une beauté sans pareille. La lumière était si puissante qu'on avait du mal à la regarder, cependant elle portait en elle un je-ne-sais-quoi de voluptueux et de protecteur, un peu comme si la quintessence de la Foulée verte s'était concentrée en cet endroit paradisiaque.

Je marchais donc vers le globe, rempli d'une joie indicible. Soudain on m'a tiré par le bord du poncho. Je me suis retourné et j'ai vu l'horrible handicapé qui me tendait quelque chose que j'ai pris d'abord pour un paquet de cigarettes géant. J'ai essayé de le repousser, en lui criant que je ne fumais plus, mais il insistait et ses monstrueuses pattes me tiraient vers le bord du pont. Encore un peu et je serais tombé. Alors je l'ai poussé violemment, sa main s'est enfin décrochée, sa gorge a émis un chuintement qui n'était pas sans rappeler un pneu crevé, et il a basculé par-dessus la rambarde. J'en étais débarrassé. J'allais repartir de l'avant vers le globe de mes rêves, quand j'ai vu que la boîte géante m'était restée entre les mains. C'était une cassette vidéo. En caractères d'imprimerie, il y était marqué « Ce que la Foulée verte a fait dans le parking ». J'en suis resté abasourdi comme après un électrochoc sur une chaise électrique américaine.

– C'est impossible, ai-je crié (dans mes rêves je ne bégaie jamais). Saint-Cyr a mis l'autocollant !

Là je me suis réveillé. Le soleil montrait cinq heures du matin. J'avais souffrance à la tête. J'ai fait quelques mouvements de relaxation, et je suis parti au bureau. Je ne pensais plus qu'au handicapé. La cigarette et la femme étaient passées au second plan, écrasées par le fauteuil roulant.

Et si c'était vrai, me suis-je demandé. Et si quelqu'un avait effectivement enregistré notre performance ? Non que je doutasse de notre légitimité à perforer des voitures, mais j'avais crainte des médias. Si elle tombait entre les mains de journalistes peu scrupuleux, cette vidéo pourrait nous créer des ennuis.

J'en ai parlé à Ulis dès que j'en ai eu l'occasion.

Il m'a écouté attentivement.

– N'aie pas d'inquiétude, mon fils, m'a-t-il dit simplement. Il n'y a pas de handicapé qui nous poursuit. C'est ton imagination. L'immeuble de *Handicap demain* est à plus de cent mètres du nôtre. Ils n'avaient aucune chance de nous voir dans le parking. Pour te défaire des images repoussantes liées aux plégiques, tu devrais essayer la position du figuier repentant. Dix minutes, deux fois par jour. C'est ce que je pratique.

Mon soulagement n'a pas duré longtemps car il a ajouté :

– Cependant, la vidéo du parking existe effectivement.

J'ai failli m'avaler. Voyant mon état proche de la syncope, Ulis m'a pris par les épaules.

– Calmos, Julien. Elle n'est pas chez le handicapé, cette cassette, mais chez les vaccins. Ils nous ont envoyé un négociateur hier soir, quand tu étais déjà parti. Ils ont réussi à récupérer la bande correspondant à la plage horaire 13 h-14 h, en soudoyant, eux aussi, la société de surveillance. Malgré l'autocollant arc-en-ciel, on y voit pas mal de choses, hélas. C'est un jeu de morveux que de l'éclaircir par ordinateur. Heureusement que nous avions déjà l'enregistrement où l'on entend ces vandales à l'œuvre. L'image est un peu cryptée à cause du sparadrap, mais quand même, si l'on procède image par image, leur violence est à visage découvert. Sans cet enregistrement, ils nous enfonçaient, les déchets !

– Faire quoi top top journalistes ?

– Rien, Julien. Et surtout pas les journalistes dont on connaît la duplicité. Les médias sont comme une ceinture d'explosifs. Ils peuvent te sauter à la figure sans crier gare. Retiens ça pour le futur. Certes, dans une situation de conflit face à un industriel, comme ils recherchent les gros titres, ils sont facilement manipulables dans notre sens, et il ne faut pas hésiter à les utiliser, mais là, confrontés à une autre ONG, la situation est inédite, dieu sait quel camp ils pourraient privilégier. Méfie-toi des journalistes, petit Julien. (Que n'ai-je recopié ces paroles cent fois ! Dix mille fois ! Bien des déboires nous auraient été évités.) Les vaccins nous tiennent, nous les tenons, c'est une situation perd-perd. Zéro. Leur négociateur en a convenu également. Bref, il va falloir qu'on s'en sorte sans faire appel à des arbitres extérieurs. Mais pour l'instant, on est en situation de cessez-le-feu.

Effectivement, les bénévoles semblaient moroses. On les voyait qui rongeaient leur frein. Josas tapait du pied contre une table. Saint-Cyr lançait des boulettes de papier dans la corbeille.

– Cessez-le-feu de mes ovaires, râlait-on de partout. Si cela va résoudre quoi que ce soit !

La situation se résumait à ceci. Les pourparlers étaient engagés sur la base d'une résolution commune, dite 001. Les vaccins nous avaient présenté la facture pour les voitures abîmées, nous avions fait de même pour les vélos. Le solde était en leur faveur, évidemment, car la référence pour ces mini-bourgeois était le prix en magasin et non la valeur morale ou civique des objets. Passons. Cette différence, ils voulaient bien la publier en pertes et profits si on leur cédait la location d'un de nos étages et du parking dans sa totalité, sans frais et sur la base de nos anciens loyers. Nous, nous voulions une compensation pour le poster du pingouin, qui était une épreuve originale, difficile à trouver en France. De plus, Ulis avait une exigence éthique : que toutes les voitures des vaccins soient équipées de pots catalytiques de nouvelle technologie rhodium sur céramique.

C'était donc sur ces bases que s'était ouverte cette première négociation entre les belligérants, le cessez-le-feu devant être appliqué pendant une période consécutive de quarante-huit heures sans violation d'aucune sorte.

– La paix est une ambition digne de la Foulée verte, disait Ulis à ses troupes démotivées. Patientez, mes amis !

– Facile à dire, bougonnaient les bénévoles.

Jamais quarante-huit heures n'ont paru aussi longues. Rythmées de propositions et de contre-propositions, elles s'allongeaient dans nos têtes jusqu'à faire tressaillir le plus petit de nos neurones, elles nous serraient tels des serpents de Laocoon. À chaque aller et retour, il paraissait de plus en plus clair que notre position n'était pas fameuse. Les ficelles financières étaient dans leur camp. On s'était laissé faire avec la valorisation des voitures.

– Il faudrait reprendre l'initiative, maugréait Celsa. Leur faire lâcher des billes ne sera possible que s'ils connaissent pleinement notre capacité de nuisance.

– Nous n'avons qu'une parole, répondait Ulis.

– Ils ne se gêneraient pas à notre place.

– C'est pourquoi ils ne sont pas à notre place, répondait Ulis.

– Tu as vu qu'ils ont profité du cessez-le-feu pour mettre des enfants brunâtres plein l'ascenseur ?

– C'est l'affaire de leur conscience, répondait Ulis.

– Et tu leur ferais confiance, après tous leurs mensonges ?

– La Foulée verte m'impose de montrer l'exemple, répondait Ulis.

– Tends l'autre joue, pendant que tu y es !

C'est ce que l'on aurait fait, probablement, et les négociations auraient abouti à un compromis à notre désavantage, si le surlendemain matin, alors que l'on avait baissé culotte sur la plupart des points litigieux, le hasard n'avait décidé de s'en mêler en nous révélant, encore une fois, la perfidie absolue de nos voisins.

Nous étions lundi. Le conflit entrait en son huitième jour.

Au 101 de l'avenue du Général-Leclerc (telle était notre adresse, et maintenant que j'y pense, je distingue une prémonition guerrière derrière le nom de ce fameux soldat, comme si un appel à la force – libératoire et juste – nous avait guidés d'outre-tombe), au 101, donc, le courrier arrivait depuis une semaine en deux sacs distincts, un sac pour nous et un pour *Enfance et vaccin*. Ce jour-là, par je ne sais quelle erreur, le centre postal n'a pas séparé le grain de l'ivraie et tout le courrier du 101 s'est entassé dans un seul bac que le facteur a dû trier à la va-vite.

C'est ainsi qu'une enveloppe ornée d'un pot d'échappement s'est retrouvée entre nos mains. Tout indiquait qu'elle provenait de l'industriel. Pourtant – chose inconcevable ! – elle ne nous était pas adressée. On y lisait très distinctement le nom de la cheftaine.

On a prévenu Celsa. Machepot était son client, tout de même.

Celsa a soupesé l'enveloppe, elle était épaisse et mystérieuse. Le visage de Celsa était parcouru de sombres ressacs. On devinait la lutte intérieure que se livrait cette femme remarquable, entre la curiosité légitime qui la tourmentait et la droiture un peu sotte qui lui suggérait de la rendre à son destinataire.

On ne voyait rien par transparence. Sobrement, Josas a commenté :

– C'est pas du recyclé.

À ces paroles, comme on y devinait un germe de désapprobation, Celsa s'est décidée. Elle a glissé un ongle sous le clapet.

L'enveloppe éventrée a laissé paraître… un contrat de subvention pour la Journée de l'enfance tropicale. Pendant qu'on le feuilletait, médusés, un rectangle jaunâtre s'en est échappé. C'était un chèque. Son montant aurait suffi à construire dix éoliennes.

– Dis-moi, Celsa, a fait Ulis, incrédule. T'en es où avec l'industriel ? Il a payé son avance ?

– La cotisation de base seulement, a précisé Celsa, un peu rose, ce qui allait merveilleusement bio avec son serre-cheveux. Il ne devrait pas tarder.

La lettre jointe au contrat a dissipé nos dernières illusions.

« Chers amis, y lisait-on. C'est avec joie que les établissements Machepot annoncent leur soutien à la Journée de l'enfance tropicale. Votre organisation tututu a toujours tagada œuvre de bienfaisance flafloufla une cause indispensable labada tous unis wimwamwoum éradiquer glaiglougla souffrance des enfants. Nous sommes fiers de compter sur la protection *Enfance et vaccin*. Ayant souffert à périr des méthodes expéditives de la Foulée verte, nous croyons fermement que votre ONG saura se montrer plus tolérante envers l'industrie du pot d'échappement, activité indispensable à la prospérité économique de notre région. P.-S. : Le chèque ci-joint. »

– Ah ! la peau de vache ! s'est emporté Josas sans penser un seul instant à la cause animale que sa remarque froissait.

Celsa s'est appuyée contre le mur, blême. L'émotion faisait glisser son corps vers la moquette.

La lettre pendait encore, accrochée aux ongles. Jamais je ne l'ai vue aussi vulnérable. Son maintien intérieur cependant restait droit. La courbure de son décolleté (que je n'ai pas pu ignorer malgré le collectif de mes efforts) montrait une détermination qui aurait fait honte à bien des montgolfières.

Saint-Cyr a été le premier à parler. Il a résumé notre situation.

– Le trou dans le budget est béant.

– Eux, ces fientes de chlore, sont pleins comme des rois, a dit Josas.

– Les vaccins ont rompu la trêve, a observé Saint-Cyr. Ils ont poussé l'industriel à la désertion.

Alors Celsa a claqué :

– C'est Machepot le fautif. Machepot a rompu le contrat. Machepot doit payer.

On a regardé Ulis. Il a juste cligné des paupières.

Une clameur de soulagement s'est propagée parmi les bénévoles. L'industriel allait regretter son arrogance ! Qu'on se le dise : on ne quitte pas notre protection sans en subir les conséquences. Elle veut bien être gentille, la Foulée verte, elle peut se montrer tolérante et prodigue de lumière aux industriels-pollueurs qui en font la demande, mais si l'on cherche à l'escroquer, ou pire, à la tourner en bourrique, alors pas de pitié ! Le plan « épervier », appliqué aux déserteurs, est déclenché.

Par petites sections de douze, les bénévoles se sont mis en ordre de bataille. Saint-Cyr a ouvert les dépôts. Chacun a pris son paquetage, composé de peinture en bombe (2 ex.), d'un porte-voix pliable, d'un jeu de feutres indélébiles, d'autocollants (100 ex.), d'un poncho jaune, de bottes de caoutchouc jaunes, d'une peau de singe façon armée, d'un filtre buccofacial contre lacrymogènes (2 ex.), d'une ration de combat, de pastilles pour la toux, de menottes à code secret, et d'une balise Motorola de repérage par satellite. Le rassemblement a été ordonné sur le parvis.

– C'est toi, Saint-Cyr, qui prendras le commandement de l'opération, a dit Ulis. Suis-moi au bureau pour les consignes.

Dehors on entendait déjà le bruit de dizaines de Kickers tapant l'asphalte du talon. Les ordres brefs et bienveillants des chefs de section rassemblaient les bénévoles au carré.

Ulis a déplié le plan de la zone industrielle.

– Être rapide, efficace, imprévisible. Objectif : faire un exemple pour les autres industriels de la région. Machepot. Nous en savons déjà un bout sur ses pots polluants, ce qu'il nous faudrait maintenant c'est des échantillons défectueux, des rebuts, des prototypes, tout ce qui pourrait mettre en lumière ses compromis nauséabonds avec la qualité de l'air. Pendant que la section une s'attachera au grillage de l'usine avec les menottes en essayant de faire le plus de ramdam possible, les sections deux et trois pénétreront dans les bureaux, avec pour cible le centre d'études. La section quatre prendra l'atelier d'assemblage. Qu'on me rapporte tout ce qui ressemble à du plomb, à de l'amiante, au mercure non traité, etc. Prenez le maximum de photos. Regardez s'il y a des cuves rouillées. Inspectez les poubelles. Je veux un descriptif complet de ce qu'ils jettent, et sous quelle forme.

– Attention au poste de garde, de l'autre côté de la barrière, a prévenu Celsa.

– La section cinq s'en chargera, avec leur peinture en bombe. Au bout d'une demi-heure, quand ils verront qu'ils ne peuvent se débarrasser de nous gentiment, les gendarmes seront prévenus. La mission des sections une et cinq est de se faire verbaliser en opposant une résistance modérée, comme on a fait samedi sur l'échangeur d'autoroute. Outrez le côté « La Foulée verte » quitte à tomber dans le cliché. Ramassez des fleurs, tendez-en aux flics. À six heures pile, je préviens les journalistes. Souriez. C'est très important. Le jeune au bon cœur, révolté par le laxisme des grands groupes, est très photogénique.

J'étais impressionné par la concision, quasi géométrique, avec laquelle Ulis déployait ses troupes. Ses médailles tintaient.

Il a baissé la voix.

– Maintenant, l'autre objectif. *Enfance et vaccin.* Il faut tronçonner leurs ressources. Si l'on parvient à endommager la puissance financière de Machepot, on fermera le robinet qui alimente ces bons à rien. La guerre sera aussi financière. En avant !

Saint-Cyr est sorti en bondissant. Sa face rouge excitée faisait plaisir à voir. Puis on a entendu le métronome de nos troupes qui s'éloignaient au pas.

Ulis est venu à la fenêtre.

– Que la prunelle soit sur vous, les petits, a-t-il murmuré en distribuant des hochements de tête.

Il a croisé les mains sur sa poitrine.

J'ai chuchoté à Celsa :

– Leur manœuvre vont-ils réussir oui oui ?

– N'aie nulle crainte, m'a-t-elle soufflé. Rien de tel qu'une bonne remise de pendules à l'heure. Après, ils sont doux, on peut compter sur une dizaine d'années de cotisations. Certains demandent le plan « gold » d'office. Tiens, Julien, si ça ne tenait qu'à moi, j'enverrais un épervier dès le premier contact. Histoire de mettre les points sur le i d'emblée. Seul problème, ça prend mortel de temps aux bénévoles, surtout à ceux qui se font verbaliser. On manque de bras pour les activités traditionnelles. C'est un débat.

Et tandis qu'elle m'expliquait, elle m'a frôlé plusieurs fois de ses genoux – était-ce uniquement le fruit du hasard ? Je suis resté sans voix, comme carbonisé. Dans mon esprit, un cow-boy faisait tournoyer son magnifique lasso sur fond de montagnes et de ciel bleu turquoise.

– Eh ! Julien !

C'était Ulis qui me tirait de ma rêverie.

– Tu dors ?

Je me suis redressé précipitamment, un peu honteux des images magnifiques qui avaient défilé dans ma tête.

Ulis a rassemblé les quelques bénévoles qui nous restaient, des administratifs pour la plupart.

– On a la défense à organiser. À l'heure qu'il est, si mes intuitions sont exactes, Machepot est en train d'appeler *Enfance et vaccin* pour faire jouer leur alliance. Ils ne vont pas tarder à venir nous réclamer des comptes. Or les deux tiers de nos effectifs sont sur le terrain. Que peut-on faire, à votre avis ?

Sa question était rhétorique. Il allait de soi qu'il connaissait la réponse. Il voulait nous creuser. Car il n'y a pas de meilleur moyen de faire progresser son équipe que de la mettre à l'épreuve. Surtout, comme il regardait intensément Celsa, j'ai compris qu'il venait de faire un geste sublime, un geste pour l'égalité des femmes, comme quoi il n'y avait pas de raison que ce fût lui, un homme, qui prît toutes les décisions stratégiques, cantonnant la femme à un rôle subalterne.

Devant une attitude aussi noble, la voix de Celsa s'est voilée de respect. Elle a dit :

– Si la majeure partie de nos forces n'est pas opérationnelle immédiatement, il faut... il faut... gagner du temps.

Sa voix montait en timbre à chaque seconde, et devenait (je l'ai constaté à regret) irrésistiblement féminine.

– Nous devons interdire l'accès à nos locaux. Fermer les volets. Bloquer l'ascenseur. Les portes des premier et deuxième sont facilement verrouillables de l'intérieur... Oui, Chatou ?

Chatou était un chef de section expérimenté. Il a dit :

– Si l'on disperse nos forces sur trois étages, on ne pourra tenir aucun des trois longtemps.

Aussitôt, Celsa a intégré l'information.

– On se rassemble donc collectif au troisième, où nos bureaux sont les plus sensibles à cause des ordinateurs et des affaires de nombreux responsables, et où la porte est la plus fragile car elle ferme mal. C'est là qu'on se barricadera, avec ma table en fer que l'on mettra verticalement, et des chaises la soutenant en porte-à-faux... Chatou ?

– Pour le troisième étage, ça devrait aller. Mais ils auront tout loisir pour défoncer nos un et deux. Le blindage des portes ne tiendra pas une heure.

Celsa était embêtée. En chef véritable, elle ne le montrait pas, mais je le sentais à sa manière détachée de mâcher une racine de gingembre.

Alors Ulis est sorti de son silence.

– La conquête de ces étages par l'ennemi ne sera pas une défaite. Ils n'y trouveront que nos stocks de cirés. Les bureaux des gratuits ne sont pas vitaux à l'organisation. Qu'ils s'épuisent donc à les casser, ça les occupera. Tu es d'accord, Celsa ?

Que pouvait-elle répondre ?

Elle ne s'est pas démontée.

– Exécution ! a-t-elle cogné.

Des bénévoles ont tiré son mastodonte de bureau jusqu'à la cage d'escalier.

Les mains sur les hanches, Celsa les regardait faire, ce qui était parfaitement justifié, non parce qu'elle était une femme, donc faible physiquement, mais parce qu'elle était le chef, et en tant que tel devait veiller au moindre détail de l'opération. Ses ordres secs faisaient plaisir à entendre.

– Faites-moi une ligne Siegfried !... Chatou, gaffe au tiroir qui se sauve !

Pendant qu'ils bouclaient la barricade, j'ai appelé l'ascenseur.

Les vaccins y avaient scotché une dizaine d'enfants brunâtres sans respect aucun pour notre panneau. L'un de ces chérubins, imprimé en relief de qualité luxe, semblait me menacer de son moignon. Je ne me suis pas privé d'arracher sa belle gueule.

J'ai tendu mon butin à Celsa.

– Ef éf Alain Delon.

– OK, a-t-elle souri.

Pendant qu'on se gaussait, l'ascenseur s'est sauvé.

– Julien, arrête-le ! a crié Chatou, mais je n'ai pas eu le réflexe.

La cabine filait déjà au cinquième.

Nous étions désemparés, quand Malabry s'est révélé.

– Ce n'est pas grave, a fait Malabry, on n'a qu'à actionner la valve de sécurité, voyez, ça nous ouvrira les battants électriques de la cage, et là on coince un tournevis dans les fils à droite du disjoncteur, ce qui devrait provoquer un court-jus et la panne générale. Si vous voulez, je peux le faire.

Personne ne s'attendait à ce que Malabry fît preuve d'autant d'imagination. Lui, le comptable si réservé, qui a toujours préféré l'atmosphère calme du grossbuch aux manifestations sur le terrain, montrait soudain une virulence de raifort. Voyez comme la guerre transforme parfois les personnalités pour en tirer le meilleur.

Il en souriait lui-même, tout ému de se découvrir des facettes inconnues.

– Gaffe à pas t'électrocuter, a dit Celsa.

Malabry a mis un ciré jaune, taille 55. La manche trop longue enveloppait les doigts qui devaient manier le tournevis. On a actionné la valve. Les portes coulissantes se sont ouvertes sur une cage d'ascenseur poussiéreuse.

Seul problème, on n'avait pas de tournevis sous la main, alors Ulis a bien voulu nous prêter son stylo plume en acier dépoli. Fallait voir la dégaine de

Malabry, avançant son bras dans la caverne, sans se presser car il avait peur de tomber, la tige d'acier entre les doigts, un vrai jedi.

Il y a eu un grand ZZZAC ! Malabry a bondi en arrière. Les ampoules ont clignoté comme si une main invisible les chatouillait, puis la lumière s'est éteinte. Aussitôt, le groupe électrogène de sécurité s'est mis en branle, et une lumière anémique, venant des circuits parallèles, s'est propagée dans nos couloirs sombres.

L'ascenseur était hors service, bloqué au cinquième à jamais. Résultat, on était barricadés au troisième, sans possibilité de sortir, mais en sécurité.

Il était temps. À peine venait-on d'ouvrir une bouteille d'eau sans sodium pour fêter notre bunker qu'on est venu tambouriner à notre porte.

– C'est vous qui avez coupé le courant ? criait une voix de femme. Faut qu'on s'explique !

Nous, évidement, on se taisait, tout en s'arc-boutant contre le battant.

– Ohé, les tapettes, vous m'entendez ?

Nous, toujours rien.

Alors un tremblement affreux a secoué la porte. Je ne saurais préciser avec quoi on tapait, une poubelle en inox me paraît le plus vraisemblable, ça faisait CLANG ! GRANG ! On entendait les froissements de la ferraille et les plaintes aiguës du bois. Une chance que nous fussions protégés par le bureau de Celsa.

– Combien sont-ils ? s'est inquiété Malabry.

– Je ne sais pas exactement, a dit Celsa. On peut tenter une approximation. Comme on occupe trois étages sur cinq, et que l'on est environ quatre-vingts gratuits et douze permanents, en temps normal…

– Soixante et un virgule trois, a dit Malabry, qui était un bon comptable.

En face, nous étions vingt-quatre.

Soudain le vacarme a cessé. On a tendu l'oreille. Les vaccins avaient l'air de se replier.

Un téléphone a sonné.

– Écologie la Foulée verte, j'écoute, s'est présenté Ulis en décrochant.

À son expression, on a immédiatement compris qui était à l'autre bout.

Celsa a mis le haut-parleur.

– … votre infamie a dépassé l'entendement, a crié la voix de la cheftaine. Vous devriez avoir honte ! Et ça se prétend une ONG honnête !

– Pass' que vous êtes honnêtes, vous ? a demandé Ulis.

– Nous, au moins, on ne coupe pas le courant dans tout l'immeuble sans prévenir les occupants. La newsletter *Enfance et vaccin*, que l'on s'apprêtait à diffuser par courrier électronique, s'est perdue par votre faute !

– Eh bien, il fallait faire une sauvegarde, madame.

– Mademoiselle ! s'est crispée l'autre.

– Nous, notre lettre paraît dans trois jours. Si vous voulez, je peux vous mettre sur la liste.

– Votre newsletter, on s'en bat les couilles.

– Vous avez tort, car on y apprendra, entre autres nouvelles intéressantes, les détails de l'action que nous venons de mener contre les usines Machepot. Vous avez sûrement entendu parler de Machepot ?... Bien. Figurez-vous que ces engeances du capital ont pactisé avec une ONG peu regardante sur l'éthique. Une ONG très peu citoyenne, qui aurait négocié sa protection sans vérifier les performances des produits Machepot, alors même que ceux-ci polluent l'atmosphère comme pas un ! Une attitude condamnable, vous en conviendrez. La Foulée verte, que vous ne semblez pas porter dans votre cœur, a réagi comme il se doit. Nous avons décrété un boycott dur contre les établissements Machepot. Je ne pense pas qu'ils s'en relèveront. Faut-il les plaindre ?

Il y a eu un silence en obsidienne.

Enfin la cheftaine a grésillé :

– Vous venez de tuer de vos propres mains une centaine d'enfants du Sri Lanka.

Ulis a haussé les épaules.

– Je viens surtout de couper votre budget vacances.

– Comment osez-vous !

– Allons, ne jouez pas à la pu... au maquereau effarouché. Calmez-vous et présentez-moi des excuses circonstanciées.

– Et mon trou, je vous le donne ?
– Que vous et votre euh… poupou, vous dégagiez les étages, ça ne serait pas de refus.
La cheftaine a explosé. Toutes les injures de la terre se sont abattues sur nos têtes. Elle a récapitulé le collectif des torts que nous avions faits à son organisation, depuis le poster de l'enfant brunâtre, jusqu'au saccage des voitures, en passant par les toilettes bouchées au ciment (on y est jamais allé dans leurs toilettes !), la porte rayée au cutter (dont nous n'avions jamais entendu parler), et l'histoire du handicapé (le même que le mien, sans doute), qui n'arrêtait pas, paraît-il, de harceler ses collaboratrices par des propos salaces, ponctuant son discours de propositions de déménagement dont l'inspiration, selon la cheftaine, ne pouvait venir que de nous.
– On vous fera gicler de l'immeuble, a-t-elle conclu. C'est la guerre pour de bon !
Ulis a fait V de ses doigts.
– C'est vous qui l'avez dit. Bonsoir.
Et il a raccroché. Une grande satisfaction se lisait dans ses yeux.
– Quelle chance que se soit elle qui ait parlé de guerre la première, disait-il. Ce n'est pas grand-chose, mais la postérité le retiendra.
La postérité. Le mot était jeté. En une seule phrase, Ulis venait de placer notre guerre dans une perspective historique. Nous en restions abasour-

dis. Nous qui considérions ce conflit comme une incartade, presque un malentendu, certes désagréable mais ne portant pas à conséquence, un peu comme une dispute dans un café entre supporters, nous découvrions bouche bée la portée fabuleuse des sept derniers jours.

Les visages se sont faits solennels. Les colonnes vertébrales se sont redressées. Et dans les têtes, les mots chantaient : j'en suis ! Je vis un moment d'éternité. Il y a eu Mururoa, l'Exxon Valdez, le nucléaire. Maintenant il y a *Enfance et vaccin*. Et moi. Les livres en parleront.

Soudain la vie prenait un sens.

Dans un kaléidoscope j'ai vu danser le vide de mon adolescence. Les heures perdues devant la télé qui décervelle. Le désert affectif de ma période étudiante. Le mal-être suave (ou le rien-être, devrais-je dire)... Toutes mes casseroles se sont agitées une dernière fois, avant de disparaître à jamais dans la grandeur de ma destinée.

Je revenais de loin. Au fil des ans, avec amertume et angoisse, j'avais vu l'existence mini-bourgeoise contaminer mes copains, un par un, me laissant désespérément seul avec mon bégaiement. D'un côté, je me rendais compte de l'insignifiance de leurs succès, d'un autre, c'est triste à dire, j'aurais donné n'importe quoi pour leur ressembler.

Le mec Gilles, après avoir décroché son bac de justesse, s'était pris de passion pour la voile. Avec son oncle, il construisait un bateau en Bretagne et voulait faire le tour du monde. Beau programme. La dernière fois qu'on s'était parlé, il avait l'air content de lui. À l'époque, je l'ai mortel envié. Je ne comprenais pas. Qu'avait-il donc, ce mec Gilles, de plus que moi ? Comment cette larve parvenait-elle à s'épanouir malgré son armada de C – dans toutes les matières et un physique de nabot ? Je trouvais ça injuste.

Zed s'était marié. Rien que ça. Lui qui avait toujours été parmi les plus coincés du collège. Sa femme portait au bide un Zed modèle réduit. Il avait des soucis d'appartement trop petit. Je l'écoutais se plaindre et j'avais envie de le baffer.

Leur réussite semblait immense. À côté, ma vie pitoyable était vide à couiner. Je n'étais rien, mon nom n'évoquait rien pour personne, aucune fille ne m'aimait, et je ne savais rien faire d'utile. Tantôt j'avais envie de me tuer, tantôt c'était les autres que je voulais exterminer.

Parfois je me demandais si je n'avais pas en moi une maladie secrète qui s'acharnait à faire échouer tous mes projets. Des forces invisibles s'étaient liguées contre moi. Appelez ça pollution atmosphérique, ou OGM, ou trou d'ozone, ou ce que vous voudrez, j'avais l'impression qu'une perfidie planétaire cherchait à me faire trébucher. Je sais, c'est absurde – encore que –, mais dans mes moments les plus pétrole, il m'arrivait de me dire que le nuage de Tchernobyl était passé exprès au-dessus de la France pour me contaminer, moi et moi seul.

Paternel et maternelle étaient complices, évidemment, comme la majorité de la société, par la petitesse de leurs activités. Ce n'est pas en collectionnant les cartes postales ni en cuisinant des clafoutis que l'on accomplit des choses grandioses. Personne ne vous mettra dans un livre d'Histoire parce que vous lisez *Le Monde* ou allez à un Cézanne.

Moi, grâce à la Foulée verte, j'étais différent. C'était inespéré. C'était la guerre. Bénie soit-elle ! Dans son sillage, les vies modestes prennent du relief. Voilà précisément à quoi je pensais.

Cependant on restait sans nouvelles des éperviers. Leur absence devenait préoccupante. On risquait une attaque des vaccins à n'importe quel moment. Des pas d'ogre faisaient houler le plafond. On craignait.

Vers sept heures, ils ont tenté un assaut sur le troisième. On les a repoussés sans difficulté en s'arc-boutant contre la table en fer. Alors, comme l'avait prévu Ulis, ils se sont rabattus sur les deux étages inférieurs. On n'a pas mis longtemps à entendre leurs cris de victoire, tandis que nos portes, laissées sans défense, se faisaient mettre en miettes.

– On se retrouvera, disait-on à voix basse, et nos genoux tremblaient de colère.

Les grognements du pillage montaient jusqu'à nous. On n'osait imaginer dans quelle ruine étaient nos cirés.

– Foutu, mon dossier sur les pandas ! a soupiré Chatou.

– Tu le leur rendras au centuple, a promis Ulis. Fais-moi confiance. Pourvu qu'ils se fatiguent, les furoncles. C'est tout ce que je demande. Et des renforts.

Plusieurs fois on a essayé de joindre Saint-Cyr sur son portable, jamais il ne répondait.

– C'est inconcevable, marmonnait Ulis. Ils perdent du temps. Je suis inquiet... Allumez la télé d'appoint, on aura des nouvelles aux infos régionales.

Effectivement, au journal, l'information du jour nous était dédiée. On voyait la zone industrielle couverte de tracts verts. Des CRS discutaient avec nos bénévoles et tentaient de les décrocher du grillage. Des employés de Machepot couraient comme des irradiés. Un bâtiment en tôle fumait.

– Voilà Saint-Cyr, a dit Malabry.

Une bombe de peinture à chaque index, il se faisait verbaliser. Quand il a vu qu'on le filmait, il s'est troué d'un large sourire et il a lancé :

– Ne laissons pas l'atmosphère aux mains des Machepot ! Notre air n'est pas une marchandise !

Là-dessus, un journaliste a pris la parole pour les commentaires d'usage.

Ulis s'est détendu.

– Je le connais. Guillaume est un garçon ouvert, on a un contact productif. Il anime « Paroles d'ONG » sur le câble.

Guillaume a résumé les différentes infractions que la Foulée verte avait relevées chez Machepot. À l'atelier, le revêtement du sol n'était pas aux normes. Il manquait un extincteur aux toilettes. Plus grave, disait Guillaume, on ne savait toujours pas avec certitude quelles étaient les conséquences sur la nappe phréatique des fines particules de rhodium que l'usine rejetait. Le visage de Guillaume était solennel.

– C'est bon, ça, a fait Celsa.

Guillaume a rappelé le nombre de cancers du poumon en Europe, maladie favorisée par la pollution.

– Alors peut-on dire que l'action de la Foulée verte est venue à point ? a demandé Guillaume en forme de transition.

C'est le journaliste François qui a repris la phrase en vol.

François était un type ouvert, lui aussi.

– On connaît les méthodes parfois musclées de la Foulée verte, a dit François, ces méthodes dérangent, mais elles ont le mérite de poser les bonnes questions à nos élus. Ah, si la Foulée verte avait existé du temps de l'amiante, a soupiré François, on n'en serait pas là.

– Tu me feras penser à lui envoyer un petit cadeau, a chuchoté Ulis. Dès demain.

Je l'ai bien noté dans mon cahier à spirale, mais avec les événements qui se sont précipités je dois avouer que je l'ai complètement oublié. Maintenant il est mortel tard. Je m'en veux terriblement.

Car il le méritait. Il nous mettait du baume. Il disait que l'on avait le don d'alerter l'opinion publique. Il a cité nos plus grands faits d'armes. Son regard luisait de bonté. On aurait dit qu'il énumérait les exploits sportifs de son club préféré.

Enfin, il était temps de passer à la météo, et l'on a coupé le poste pour ménager le groupe électrogène.

L'information nous a calé l'estomac pour un bout de temps. D'un côté, la mission avait été un succès, c'était clair d'après les comptes rendus des médias. Seulement on avait perdu beaucoup de forces. De nombreux bénévoles étaient bloqués au commissariat. Certains avaient été blessés. Ils étaient fatigués et aphones. Comment allait-on tenir ?

– Économisez-vous, a ordonné Ulis, ce qui montrait sa préoccupation.

On s'est assis en nuage autour de lui.

Celsa a baissé le groupe électrogène, en laissant juste de quoi alimenter les veilleuses. Les volets étaient fermés, il faisait charbon, on ne distinguait que les silhouettes. Ulis nous a commandé de régler notre respiration sur la sienne, c'était plus pratique pour chasser le mauvais dragon, on s'est essayés au lotus, et j'ai constaté avec plaisir que mes articulations s'étaient assouplies depuis la dernière fois. Le dos droit comme un macchabée, je captais les fluides favorables de l'univers. J'étais en correspondance avec les trous noirs. Et si Celsa n'avait pas frôlé mon genou sans le faire exprès, je n'aurais même pas songé à la cigarette.

Ulis a dit :

– Mes amis. Maintenant que nous avons conjugué la trente-troisième respiration, je voudrais vous faire part de ma grande satisfaction. Votre collectif, y compris les bénévoles de la dernière pluie, a montré que vous étiez capables de vous surpasser. Dans les circonstances éprouvantes que nous vivons, nous qui ne désirons rien de mieux que la paix mais qui sommes contraints de faire la guerre contre un ennemi particulièrement retors, un ennemi qu'aucun d'entre nous n'a jamais eu à combattre, un ennemi qui est venu nous agresser dans notre immeuble même, se logeant parmi nous comme le cancer, vous avez fait preuve de sang-froid et d'abnégation. Vous m'avez comblé. Vous avez comblé la Foulée verte. Chacun (ou chacune) à sa manière a trouvé dans la Foulée verte la spiritualité complémentaire dont il (ou elle) avait besoin. Ensemble, nous avons fait progresser l'harmonie.

Dieux qu'on l'aimait, à cet instant, notre grand, notre généreux, notre immense Ulis !

– L'un d'entre nous s'est particulièrement distingué, a-t-il poursuivi, et nous avons retenu notre souffle. Je veux parler de… Viens ici, Malabry.

Il a pris ses mains dans les siennes.

– On t'avait mal jugé, Malabry. Tu étais un homme de chiffres. Tu es maintenant… un homme, tout court. Tu es digne d'être cité à l'ordre de la Foulée verte.

Il a tiré une médaille de sa poche. On a tous applaudi. Puis il a posé sa main sur la poitrine de Malabry comme pour lui transmettre le souffle de vie. Malabry souriait maladroitement.

– Je sens que tu veux dire quelque chose, Malabry. Parle donc.

Malabry a bredouillé no-non, pas vraiment, merci bio.

– Mais si, allez, insistait Ulis.

Alors Malabry s'est lâché :

– Que se passera-t-il si… si nous perdons ?

Le collectif a été pris de court, sauf Ulis. Sa voix, douce et ferme, nous a enveloppés de ouate.

– Nous ne pouvons pas perdre.

– Et si nous perdions quand même ?

– Pourquoi voudrais-tu que l'on perde, voyons… La Foulée verte sera toujours à nos côtés…

– Et si l'on perdait quand même ?

Il s'entêtait comme un enfant. On en était gênés pour lui.

Ulis a mis du temps pour répondre.

– Si la Foulée verte nous abandonnait, alors... alors... Je vois la désolation descendre sur nous. Les *Enfance et vaccin*, comme un nuage de sauterelles, se répandront dans nos locaux. Nos ordinateurs seront brûlés. Les dossiers sur les animaux menacés d'extinction, anéantis. La collecte pour les pingouins de l'Arctique, pillée. Je n'exclus pas des passages à tabac. On nous rasera. On nous mutilera... Mais pire que tout, la peste tentera de se faufiler dans notre âme... Le doute... Certains, par crainte de la douleur physique, renieront la Foulée verte et essaieront de pactiser avec les forces du mal. Ce jour-là sera le plus sombre pour notre planète depuis la disparition des dinosaures... Tu as quelque chose sur le cœur, Malabry... Parle, n'aie nulle crainte.

– Ils sont ils sont une comment, une ONG comme enfin comme nous, a bafouillé Malabry. Ils font, à leur façon manière, de bonnes choses enfin pas mortel mauvaises quoi. Les enfants, les mines anti enfants personnel, tout ça...

– Ne fais pas ton Julien, lui a lancé Celsa, agacée.

Ulis l'a regardée avec désapprobation.

– Voyons, Celsa. Malabry a le droit d'exprimer ses opinions. Nous avons toujours été ouverts à la critique. Malabry est un héros de la Foulée verte. On doit l'écouter. Comprendre ce qui le tracasse... Qui veut répondre à Malabry ?

J'ai senti d'instinct que ce serait une excellente occasion de me rattraper de tous les manquements, petits et grands, que j'avais eu la faiblesse de connaître depuis le début du stage. J'ai levé la main.

– Julien ?

– Tu gaf gaf *Enfance et vaccin*, mais gaf gaf tort ! Gobe lobe frobe, les sachets pol pot pom pok. Naturel ! Dollar !

Ulis m'a regardé avec reconnaissance.

– Merci Julien. Oui, l'aide aux enfants, on n'a rien contre, quand elle n'empiète pas sur les droits de la nature. Sais-tu, Malabry, comment ils emballent leurs kits de première urgence médicale ?... C'est du cartonné plastifié.

Il y a eu des sifflements.

– Oui, vous avez raison de vous outrer, la nature met deux cents ans à recycler ce genre de négligence. Ce que l'homme produit en une seconde, les vers de terre en ont pour des générations ! La malbouffe les accable, eux, tout autant que nous. Plus grave, certaines particules nocives peuvent remonter la chaîne alimentaire. On n'ose imaginer les conséquences pour ces pays du tiers monde déjà durement touchés par la guerre et la famine.

Ulis a baissé la voix.

– À l'horizon de plusieurs siècles, certaines molécules pourraient passer dans le code génétique. Nous sommes les seuls à en parler. Les grands groupes chimiques, avec la complicité de certains gouvernements, voudraient bien laisser ces données sous le sarcophage du silence.

Malabry était tout confus. Il avait les yeux baissés et il tripotait sa médaille.

– Je ne savais pas.

– Ça ne fait rien, Malabry. Tu n'as rien à te reprocher. Je comprends que tu aies des doutes, toi aussi, malgré ta force de caractère, et ton courage exemplaire. La Foulée verte est habituée à ce genre d'incrédulités. Elle sait bien que l'homme est faible. Elle te pardonne, va.

Il est des cas où la sollicitude fait plus de mal que les réprimandes. Il en pleurait presque, Malabry, de se voir ainsi consolé. Quand il s'est assis enfin, Celsa a pris la parole.

– Pour clore ce débat, je voudrais ajouter qu'*Enfance et vaccin* est un organisme d'origine USA, oui *USA*.

– Sam Sam oncle ! ai-je glapi.

Celsa a poursuivi :

– Leurs locaux dollars sont un reflet fidèle de ce qui se passe dans leur cœur. Ils sont un pur produit des laboratoires pharmaceutiques qui cherchent à écouler leurs stocks de médicaments dollars en profitant des maladies du tiers monde. Ne vous y trompez pas ! La seule fonction thérapeutique de ces organismes dollars est de donner un lustre de bonne conscience aux mini-bourgeois ouaspe. La lecture qu'ils font des grands problèmes du monde est archaïquement dollar. Souvenez-vous du Viêt-nam.

On est restés silencieux. On pensait aux peuples opprimés écrasés sous les bombes.

C'est moi qui me suis mangé la première. La goutte m'est tombée sur le front. J'ai sursauté. Ma main a frotté le visage et l'humidité s'est propagée jusqu'au nez.

Comme personne ne bougeait, j'ai cru que j'avais rêvé.

Mais très vite, Celsa a poussé un petit cri. À ce moment j'en ai reçu une deuxième, lourde et chaude, sur l'avant-bras.

– Il pleut, a dit naïvement Malabry.

La troisième m'a glissé dans le cou. Partout les bénévoles se levaient et dardaient vers le plafond.

– Allumez ! a crié Ulis.

On s'est précipité vers l'interrupteur.

Quatrième.

À la lumière vacillante du groupe électrogène, on a vu notre plafond parcouru de ronds jaunâtres. Des figures géométriques s'accouplaient. De l'eau coulait à grosses gouttes sur toute la surface visible.

– Ah les monstres ! a fait Ulis. Il nous font un dégat des eaux !

On a foncé dans le couloir. Là-bas, les ronds venaient à peine de commencer.

Chez Celsa, en revanche, c'était pire. Ses dossiers étaient inondés. L'ordinateur avait bu la tasse et de longues traînées vertes s'en échappaient. Il était mort.

– Il faut couper l'arrivée d'eau ! a crié Ulis. Qu'on descende au garage !

Mais c'était impossible à cause de la barricade. Les autres nous attendaient sûrement de l'autre côté de la porte, prêts à en découdre.

Et pendant ce temps, il pleuvait.

– Protégez l'IBM central, a glapi Ulis.

Aussitôt, on a été à son bureau. Malabry, qui avait compris le danger, s'était couché en travers de l'écran et protégeait de son corps notre newsletter, nos mails, notre comptabilité informatisée.

Il nous restait sous la main quelques paquetages. On a déployé les cirés jaunes sur tout ce qui présentait de la valeur. Cependant l'eau coulait, coulait… On aurait dit qu'on était à averse ouverte.

On s'est déployés, collectif autant qu'on était, armés de serviettes que l'on a prises aux toilettes. On a épongé avec ferveur. Plus on en enlevait, plus il en tombait sur nos têtes. C'était comme vider le Mississippi.

C'est le moment qu'a choisi le groupe électrogène pour caler. Sans doute avait-il été mouillé lui aussi. La lumière a vacillé quelques instants au bord du gouffre, puis le pétrole nous a recouverts. Avec toute cette flotte et la sueur qui nous collait au visage, on avait la sensation d'être revenus dans l'utérus de maman, la tranquillité en moins.

Finalement Ulis s'est résolu à ouvrir quelques volets. Les lampadaires de la rue ont éclairé notre désastre. Pas un mètre carré du troisième étage n'avait été épargné.

Malgré nos efforts, la situation empirait à vue d'œil, l'eau s'accumulait sur les bureaux en flaques huileuses. Elles grandissaient lentement jusqu'au bord, puis s'écoulaient majestueusement en de petites cascades. La moquette se transformait en marécage. Les murs brillaient.

Au bout d'une demi-heure, on a dit stop. Cela ne servait à rien de s'acharner. Que pouvaient faire une vingtaine d'hommes (et de femmes), même animés par la force de la Foulée verte, contre de l'eau municipale qui n'arrêtait pas de couler ?

On a bâti une protection pour l'ordinateur. Et pour le reste on a laissé tomber. En liant quelques ponchos ensemble on a construit une sorte de hamac que l'on a tendu au-dessus de l'endroit qui nous paraissait le plus sec. Sous ce toit de fortune, on s'est pressés les uns contre les autres dans une ambiance morose mais digne. Je me trouvais maintenant en contact presque permanent avec le flanc de Celsa, et cela me consolait un peu.

– Voilà ce que c'est que de perdre la maîtrise de l'espace aérien, a commenté Ulis. Nous sommes condamnés à subir… Allons, ne baissons pas le nez. C'est précisément ce qu'ils attendent de nous, que l'on perde le moral, alors nous serons vulnérables.

Nous nous sommes resserrés. La fraternité sous le hamac poussait les plus réservés à s'exprimer. Un gratuit a dit en reniflant :

– Une chose que je ne saisis pas, c'est pourquoi les fumiers sont allés aussi loin. Un dégât des eaux, c'est désagréable pour eux aussi, non ?

– Réfléchis cinq secondes, a répondu Celsa.

– Je comprends, a dit le gratuit, mais ça se voyait qu'il ne comprenait rien.

– Ils n'ont que par terre à essuyer, a expliqué Celsa, la moquette à changer, à la rigueur, le tour est joué, alors que nous, nos locaux sont irrémédiablement abîmés, sans oublier les dossiers, les ordinateurs, les fournitures…

– Les affiches des aigles royaux sont foutues, a dit un bénévole.

– Les tracts aussi, a dit un autre.

On a senti passer le vent du défaitisme.

– Et si l'on appelait la police ? a suggéré un troisième.

Ulis a été très ferme.

– Non. La police n'est pas une solution. Il serait curieux que l'on demande la protection de ceux-là mêmes qui nous empêchent, en recourant parfois à la violence déshumanisante, d'occuper les usines et de former les chaînes de l'amitié autour des centrales. Non. L'honneur de la Foulée verte ne peut se le permettre.

– Alors un huissier ? insistait l'ingénu. On

constate les dégâts et on leur colle un procès sur le dos.

Ulis a soupiré.

– Ah, les enfants, vous êtes encore jeunes... Vous ne voyez que le court terme. Les apparences vous suffisent... Si l'on fait ce que suggère notre camarade, on aura effectivement un joli papier que l'on pourra ranger dans notre valise, avec une convocation devant un juge pour dans six mois. Là on gagne – je prends l'hypothèse optimiste. Ils font appel. Encore six mois qui s'envolent. Au bout du compte, on aurait une condamnation dans un an, au mieux. Une année sans locaux, à sacrifier nos forces pour préparer la procédure, au lieu de remplir notre devoir de protection de la nature. Alors je vous demande, est-ce compatible avec notre but suprême dans la vie?

Il a fait mine d'attendre une réponse.

– Non, évidemment, a-t-il poursuivi. Vous semblez oublier que ce sont des durs. Ils n'ont aucun principe. Leur mauvaise foi est un Veau d'or. Ils nous englueront avec l'histoire des voitures, ils amèneront Machepot à témoigner contre nous, ils feront du bruit et remueront ciel et terre pour nous accabler. Vous verrez la boue qu'ils sont capables de charrier s'ils se mettent à interroger nos relations d'affaires.

À ces paroles, je me suis rappelé la nuit où le handicapé m'avait vu lancer du gravier. « Ce mollusquelà pourrait témoigner contre moi », me suis-je affolé. J'ai regretté mes pensées aussitôt, surtout le mot « mollusque », car il n'est pas sympathique de parler d'un handicapé en ces termes. Pour me faire passer l'envie de recommencer, je me suis mordu la langue, cependant cette douleur n'a pas été d'un grand secours : je ne ressentais qu'aversion pour cet homme à la locomotricité réduite.

– Ça va, Julien ? Tu te sens mal ?

J'ai jappé que non, aucune importance.

– Il faut qu'on règle la guerre entre nous, a conclu Ulis, d'organisation *non gouvernementale* à organisation *non gouvernementale*. A-t-on envie que les gendarmes ou une quelconque autorité, émanation d'un gouvernement, mette son nez dans nos factures, dossiers, ou plans d'action dont de nombreux chapitres visent précisément à les contrarier ? Je ne crois pas. D'ailleurs, les vaccins ont fait le même raisonnement… Celsa, continue à ma place, je te prie…

Il paraissait fatigué, ce long discours avait épuisé ses batteries. Il a fermé les yeux. La position du lotus lui est venue spontanément, et l'instant suivant il n'était déjà plus parmi nous.

– La meilleure chose que nous puissions faire, a dit Celsa en baissant la voix pour ne pas perturber les fluides du grand homme, c'est de serrer les dents malgré les circonstances. Dites-vous que le proprio est plus à plaindre que nous. Quand nous aurons rendu aux vaccins la monnaie de leur pièce, en les expulsant et en leur imposant la paix, on lui adressera une plainte pour mauvais entretien de la plomberie, et on le fera danser, le capitaliste. D'ici là, on s'accroche.

Et l'on s'est mis à tenir. L'eau dégoulinait toujours, avec des morceaux de plâtre, mais on tenait. Les posters scotchés aux murs se décollaient un à un. Les sens abrutis par le déluge, nous regardions nos trophées dépérir. La photo historique d'Ulis sur la plage de l'Alaska se boursouflait misérablement. Une cartouche d'encre pour imprimante suppurait du liquide noir. Parfois, les ponchos gonflés se dénouaient et nous tombaient sur la figure. Personne ne se plaignait. Chacun mettait un point d'honneur à paraître serein.

Vers minuit, Saint-Cyr à appelé. Il était enfin disponible après s'être assuré, en chef de section consciencieux, qu'aucun de ses hommes n'était en garde à vue ou à l'hôpital. Entendre sa voix, même fatiguée, nous a remonté le moral. On l'a félicité pour l'opération Machepot.

– Surtout, reposez-vous bio, lui a dit Ulis. Nous, ici, on tient sans problème.

Plusieurs bénévoles ont été pris d'une quinte de toux. Sans doute s'attendaient-ils à ce que Saint-Cyr galopât immédiatement à notre secours, lui qui venait de passer une dure journée de bataille. Ulis les a regardés sévèrement. Il a articulé au téléphone :

– Le plus grand service que tu puisses nous rendre, Saint-Cyr, c'est d'être en forme demain matin. Quels que soient nos ennuis, on ne veut pas vous voir avant.

Puis, en se tournant vers nous, il a pris sa voix tonitruante :

– On se dégonfle, ou quoi ?

On n'osait pas lever les yeux.

– Si quelqu'un trouve que c'est mortel dur pour lui, qu'il le dise. La Foulée verte ne retient personne de force. On n'est pas une secte. On vous entrouvre la porte et vous rentrez chez vous. Il n'y aura pas de sanction. Pensez donc : là-bas, vos lits moelleux vous attendent. Les frigos sont pleins de victuailles allégées en graisse. Personne n'est tenté ?... Palaiseau ?... Antony ?...

Mais ni Palaiseau ni Antony ne pipaient.

– La guerre n'est pas un jeu ! s'est exclamé Ulis. Il y aura des larmes et des privations. Mais nous ne capitulerons jamais ! Je voudrais que ça soit clair pour chacun ici présent. Un seul élément démotivé suffit à compromettre les plans de bataille les plus élaborés. Alors, chacun à son tour, vous devez vous prononcer en votre âme et conscience : soit vous restez jusqu'au bout de la guerre et vous défendez les valeurs de la Foulée verte avec abnégation, soit vous partez immédiatement vers une vie quotidienne douillette... Malabry ?

– Je reste.

– Chatou ?

– Évidemment.

Il a passé ainsi son petit monde en revue, et personne n'a exprimé le désir de lâcher. Nos médailles scintillaient à la lumière du lampadaire, et l'eau des vaccins ne diminuait pas leur éclat, au contraire.

– Nous sommes donc prêts, a dit Ulis. Méditons ensemble, voulez-vous. Allons chercher au fond de nous-mêmes ce trait de lumière qui canalisera notre volonté en énergie. Car l'heure de la grande bataille approche.

Dans un silence ponctué de flic-flac, nous avons démultiplié nos sens. À quoi pensait-on ? Ce devait être quelque chose de très personnel. Moi, je voyais un grand soleil accueillant, des prés à perte de vue où zigzaguait un chemin fait de Cow-boys écrasés. C'était l'idéal vers lequel je devais tendre. Mon côté sombre ne m'en laissait pas l'occasion. Il m'attrapait de ses pattes de chat et m'engluait dans des désirs ténébreux, très éloignés de la Foulée verte. Mentalement, j'ai pris une batte de base-ball et j'ai tapé le mal de toutes mes forces. Prends ça ! pensais-je. C'était symbolique, c'est entendu, mais diablement efficace.

Quand nous avons chacun chassé l'intrus qui était en nous, de sorte que nos cœurs sont devenus semblables à des cristaux de roche, Ulis a dit d'une voix plaintive, un peu chantante comme celle d'un pope :

– E-é-é-exxon Valdez !

On s'est regardés et les anciens ont repris en chœur :

– Exxon Valdez !

Ulis s'est fait plus insistant :

– E-é-é-exxon Va-a-aldez !

Alors les bénévoles aussi se sont joints à l'hymne. C'était instinctif.

– Exxon Valdez ! a-t-on chanté.

Ulis a levé les mains vers le ciel :

– E-é-é é-é-é é-exxon Valdez !

Il répéta ainsi une vingtaine de fois le nom sacré. Nous le suivions inlassablement, de plus en plus fort :

– Exxon Valdez !

Les vaccins avaient beau taper des pieds à faire palpiter le plafond, on criait à tue-tête.

– Exxon Valdez !

Et comme un pizzicato, la voix aiguë de Celsa se greffait avec une demi-mesure de retard :

– Exxon Valdez !

Ah c'était quelque chose. La fatigue avait disparu. L'eau qui nous submergeait nous paraissait divine.

– Exxon Valdez !

Ils devaient se sentir marris, les vaccins, de nous entendre aussi soudés, le moral en acier, les poumons en trombone d'Apocalypse, à lancer le cri primal qui devait perforer le cosmos.

– Exxon Valdez !

Les étoiles tremblaient. Encore un peu, elles seraient tombées du ciel.

– Exxon Valdez !

Au bout d'une heure de ce traitement qui allait crescendo, les vaccins ont cessé de taper. Ils ont compris qu'il n'y avait rien à faire contre une telle volonté, forgée sur le nom de la plus mythique des marées noires. Nous avions réussi à faire passer un je-ne-sais-quoi de terreur primitive. On était le feu qu'aucune trombe n'aurait pu éteindre.

Alors le dégoulinement a cessé. Nous avions gagné la bataille.

Bien des jours après les événements, certains chroniqueurs ont prétendu que les vaccins auraient coupé l'eau parce qu'ils craignaient pour la solidité de leur plancher. C'est possible, mais je ne le crois pas. Je pense plutôt qu'ils ont eu peur de notre fougue intérieure qui grandissait et qui paraissait sans limites.

Personne n'a crié de joie. On a juste serré la sangle abdominale, et on a lancé une dernière fois, plus fort que jamais :

– EXXON VALDEZ !

Le silence qui s'en est suivi était assourdissant.

De temps en temps, des gouttes tombaient encore sur nos visages gonflés, imbibés de fatigue.

Le plâtre, mélangé à la moquette grise, recouvrait nos tranchées d'une fine couche neigeuse.

Ulis a tourné vers nous son visage illuminé de bonté.

– Vous êtes grands, mes enfants. Vos poitrails ont donné le meilleur de vous-mêmes. Et vous en avez été récompensés. Voyez comme la Foulée verte est descendue sur vous, voyez la force qu'elle vous a conférée !

Il s'est dirigé vers son bureau.

– Vous avez mérité que je vous le montre.

Il a ouvert un gros tiroir fermé à clé.

– Regardez !

Il tenait dans ses mains un vieux sac en plastique jaune fermé avec du fil rouillé. On devinait un contenu sombre et mou.

Il nous a fait venir autour de lui. Sans se presser, ses mains ont délié le fil de fer.

– Je l'ai conservé toutes ces années.

Une odeur de pourriture et d'essence a envahi la pièce.

Ulis a sorti son couteau suisse. Avec une cuillère il a prélevé un peu de substance qu'il a étalée au fond de sa paume. La lumière du lampadaire s'y réfléchissait faiblement, presque à contrecœur.

Il a dit :

– La chose est rare. Ça vient de là-bas... D'Alaska... C'est du fioul Valdez... Je l'ai ramassé sur les rochers de Montague Island. J'étais jeune alors. Vigoureux comme vous l'êtes aujourd'hui. Je me suis promis de le garder sur moi toute ma vie. Il me rappelle l'aveuglement des hommes.

On le regardait avec des yeux fiévreux, ne sachant comment réagir devant une relique aussi importante pour la Foulée verte.

Ulis parlait en tendant sa paume.

– Sentez, n'ayez crainte. L'odeur vient des algues. Le sac plastique a un peu perverti les éléments, les hydrocarbures mélangés à de l'eau salée forment une mélasse des plus particulières...

Celsa n'a pas pu résister à la tentation. (C'est une façon de parler. En aucun cas je ne considère la femme comme plus sujette à la curiosité, ou à tout autre travers qu'on leur attribue communément dans les milieux mini-bourgeois.) Elle a tendu son doigt. Dans un geste animé de mille grâces, elle a touché la paume d'Ulis. Un peu de noir est resté collé. L'index est revenu vers ses narines, qui ont longuement palpité au-dessus de la substance.

Elle a fermé les paupières. Un sourire imperceptible baignait ses lèvres. Vous dire qu'elle était belle serait au mieux un euphémisme, au pire un réflexe sexiste qui se contente de voir une reproductrice là où il y a une femme. Disons alors que ses cheveux mouillés, plaqués au front, encadraient un visage où se lisait l'harmonie avec le macrocosme.

Aussitôt, les images de Cow-boys sont venues me torturer. Heureusement l'odeur des algues pourries était suffisamment forte pour me dégriser. Voyant son effet bénéfique sur mes mauvaises dispositions, j'ai suivi l'exemple de Celsa, et j'ai pris sur mon majeur un peu de substance que j'ai sniffée.

Malgré une forte envie de vomir, ou, devrais-je dire, à cause de cette envie, j'ai ressenti l'impétueuse nécessité de me battre contre les pollueurs. Comme une deuxième main au piano, venait une voix mielleuse qui me disait : tu es sur la bonne pente, Julien. Prends ta jeunesse et investis-la dans le combat. La Foulée verte te le rendra. Le tout était plongé dans une sensation d'immensité que seule la contemplation de la nature peut donner. Jamais je n'oublierai cette émotion.

J'ai ouvert.

Autour de moi, les bénévoles faisaient la même expérience, avec, me semblait-il, des résultats équivalents, si l'on jugeait d'après leur mine extatique.

Celsa, elle, avait franchi le pas. Son doigt était entre ses lèvres.

Je n'allais pas me dégonfler.

J'ai pris l'hostie.

Le fioul a attaqué dru en bouche. Ses notes graves ont fait au palais comme un rugissement de clarinette. L'amertume a collé la langue dans une débauche de violoncelles. Les algues fermentées déchaînaient une avalanche. Une pointe salée clôturait l'édifice.

Un peu sonné par ce coup de canon, je me suis assis dans la moquette trempée.

Plus rien ne pouvait m'arrêter désormais : j'avais mangé de la relique, communié avec l'Exxon Valdez lui-même.

Une lueur semblable brillait dans la pupille de mes camarades. On était galvanisés.

L'aurore pointait son nez.

Nous nous sommes regardés, de l'émerveillement se lisait sur nos visages : nous avions survécu à une nuit de folie. Malgré une attaque d'une férocité inouïe, nous, les inférieurs en nombre mais supérieurs en foi, n'avions cédé un centimètre. La position en hauteur de nos ennemis, pourtant de grande valeur stratégique, ne leur a pas permis de l'emporter.

On a déboutonné en grand les fenêtres. Un soleil encore rouge de sommeil a joué avec nos cils fatigués. On l'a remercié dans une prière muette. Ô toi, soleil, source infinie d'énergie toujours propre, merci de te lever sur cette nouvelle journée qui sera celle de notre triomphe.

Ça n'était pas encore du bonheur, mais ça y ressemblait.

Ulis et Celsa ont préparé le plan de bataille. Les renforts, reposés et nombreux, étaient prévus à neuf heures. Ils devaient nous apporter de quoi nous changer et des provisions.

Ulis a laissé un message chez Saint-Cyr.

– Tenue de combat, a-t-il précisé. Baskets souples. Survêt. Protège-tibias pour ceux qui en ont.

Les ponchos, on les garde à la maison. Médailles apparentes, en revanche, pour montrer à ces enflures qu'on a le sens de l'esthétique.

L'offensive a été fixée à dix heures. D'ici là, Ulis nous a donné une consigne précise : ne pas laisser les vaccins se reposer. Leur faire croire que l'on s'apprête à les attaquer. Les harceler psychologiquement. De la sorte, ils seront obligés de garder un grand nombre de troupes en permanence à l'étage. Épuisés par une nuit blanche, ils ne tiendront pas longtemps quand nos sections fraîches se lanceront à l'assaut.

Chatou s'est placé à un endroit où le plâtre du plafond avait été le plus abîmé. Il cognait les moulures avec un manche à balai, de manière à produire le plus de boucan possible. Quand il se fatiguait, un bénévole prenait le relais à un autre endroit. Les vaccins lui répondaient en tapant du talon. Des nuages de plâtre flottaient sur nous comme des fumigènes.

Tapi sous les rebords des fenêtres, on surveillait le parvis. On comptait ainsi les entrées et sorties des vaccins, ce qui nous donnait une estimation permanente de leurs effectifs. Malabry prenait des notes.

– Sépare donc en masculin - féminin, lui a chuchoté Ulis pendant que Celsa tournait le dos. On pourra sûrement en tirer un avantage stratégique.

Il y avait en effet beaucoup de femmes chez les vaccins, dont des brunâtres, semblables à l'enfant de l'ascenseur.

La lieutenante au passé africain était la plus arrogante. Elle se pavanait sur le parvis, parfois elle lançait vers nos fenêtres des œillades incandescentes et des onomatopées.

Personne ne lui répondait. L'esprit de la Foulée verte était ancré en nous, et nous ne lui avons lancé aucune remarque dont j'aurais à rougir aujourd'hui, ni « salope », ni « boulette de neige », ni rien. Pourtant j'ai eu l'amertume de constater que cette femme poussait très en avant sa féminité, qui se manifestait principalement vers le bas du dos, à grands efforts ondulatoires. Jamais aucune bénévole de la Foulée verte ne se serait comportée de la sorte.

Celsa a lu dans mes pensées.

– Inconsciente maquerelle, a-t-elle juré à voix basse. En perpétuant ce déhanchement évocateur, elle affaiblit la cause de toutes les femmes. Décidément, elle ne mérite pas les efforts que plusieurs générations de féministes ont faits pour elle.

Je n'ai pas pu m'empêcher de penser que Celsa parlait par jalousie, en ayant vu mon regard s'attarder sur la silhouette dodue de la chienn... (Ce mot malheureux m'a échappé. Je ne l'ai pas prononcé, heureusement, juste pensé. Mais l'outrage était suffisant. À la place de « chienne », j'aurais dû penser « femme », évidemment. La fatigue était ma seule excuse. J'avais soudain une grande envie de Cowboys, et c'est ce qui m'a perturbé.)

Il était déjà plus de huit heures quand on a vu un cube glisser sur le parvis. Je l'aurais reconnu entre mille. Le handicapé roulait vers notre immeuble. Je n'ai pas pu retenir un frisson.

– C'est ton locodéficient, a dit Celsa. Peut-être leur allié.

En me mettant de biais, je pouvais observer l'entrée. Elle était gardée par la femme au passé africain et un homme en blouse blanche – il se la jouait médecin.

Le handicapé croassait en montrant nos vitres de son bras aquilin. J'ai eu un mouvement involontaire de recul.

« Il est en train de cafter pour le gravier », me suis-je dit.

Les vaccins l'écoutaient avec intérêt, cependant ils ne le laissaient pas s'approcher des portes. Et lui, il roulait des roues de façon à entrer dans l'immeuble, il s'infiltrait dans leur dos vers l'entrée du parking, on voyait qu'il ouvrait grand ses yeux, la curiosité le travaillait.

Enfin, comme le handicapé devenait mortel insistant, la femme au passé africain l'a repoussé sans ménagement. Il n'a pas insisté.

– Tout de même, ces vaccins sont des bêtes furieuses ! a explosé Celsa. Quelle honte de traiter un locodéficient de cette manière !

Elle s'est penchée à la fenêtre.

– Ohé, les esclavagistes !... Oui, vous ! Ça vous

dérangerait de vous montrer polies avec un pauvre déficient ?

D'abord interdits, les vaccins ont vite saisi l'occasion de se montrer à la hauteur de leur sinistre réputation. D'en bas, comme un geyser chaud et puissant, est monté un flot d'insultes sordides. Celsa y était accommodée à toutes les sauces dont était capable leur imagination besogneuse. Ces gens ne cachaient même pas leur sexisme primaire. Les parents de Celsa, sans aucun égard pour leur âge, étaient associés à des animaux, dans une bacchanale contre nature. Révoltant. On était à des années lumière de la Foulée verte.

Encore une fois j'avais la preuve que les hommes n'étaient pas tous égaux. Car pour ces monstres, comme pour mes parents, la Foulée verte ne serait jamais accessible. Ils avaient reçu, dès leur piètre naissance, une sorte de blindage interne qui les rendait imperméables à la beauté. Pour tout dire, ces hommes (et ces femmes) n'auraient pas dû venir au monde, et ne méritaient sûrement pas qu'on leur parle.

C'est ce que j'ai tenté d'expliquer à Celsa, mais elle était trop en colère pour m'entendre.

– Passe-moi leur poster en relief, Julien ! Celui que t'as pris dans l'ascenseur. L'Alain Delon, quoi.

Je ne voyais pas ce qu'elle voulait en faire, alors elle a crié :

– Dépêche !

Littéralement elle m'arrachait l'enfant brunâtre des mains.

Elle a ouvert la fenêtre en grand, et devant tout son monde elle a baffé l'enfant, baf ! baf !

Les vaccins ont pâli. Les insultes ont cessé brusquement. Muets, ils nous regardaient avec de la haine véhémente dans les yeux. Leur intolérance était criante.

Puis tout a basculé.

La femme au passé africain s'est approchée d'un arbre, bio visible sur le parvis. Sans quitter Celsa des yeux, elle a arraché une feuille et l'a mangée avec des mimiques révoltantes.

– Voilà pour vous, les végétariens !

Puis elle a tapé le tronc trois fois, dont une violemment, avec ses pieds chaussés de Nike. L'homme en blouse blanche, complice du forfait, a rigolé.

– Comment peuvent-ils ? s'est insurgée Celsa. Un platane vieux de trente ans ! Ah, vous ne perdez rien pour attendre !

Son visage brillait. Elle est allée chercher des ciseaux.

– Temps perdu, temps mort, temps ! ai-je voulu la raisonner.

Autant parler à un ouragan. Les ciseaux ont jappé. Les lames découpaient l'enfant brunâtre. Une oreille a plané dans les airs jusqu'aux pieds des vaccins, qui l'ont ramassée à grands hurlements.

Alors ils se sont déchaînés. L'homme a sorti un opinel. Sauvagement il a arraché un bout d'écorce grand comme la main. Puis il a tailladé la chair nue de l'arbre qui souffrait en silence. De l'autre côté du tronc, la femme au passé africain a poursuivi sa méprisable besogne, les Nike tapaient comme des forcenées, on aurait dit un passage à tabac. Des éclats de bois jonchaient le sol.

Quand il a vu ça, Malabry, c'était plus fort que lui, il n'a pas pu s'empêcher :

– Sale pourriture de nègre ! Attends un peu que je te botte ton gros cul !

On l'a collectif regardé avec désapprobation.

– Tu auras un blâme, a même dit Ulis. Ce n'est pas parce que l'on est en guerre que tu peux te permettre des remarques racistes qui déshonorent la Foulée verte. Si un journaliste t'avait entendu !

Confus, Malabry est allé mettre son nom sur le tableau des travaux d'intérêt général.

Pendant ce temps, Celsa a pratiqué une ouverture dans l'enfant brunâtre, à hauteur du pubis. Les ciseaux fouillaient le ventre. Une fine spirale de papier pendait maintenant comme un intestin après une leçon d'anatomie.

La rage des vaccins a fait sauter le couvercle. Ils ont choisi une branche majestueuse et se sont jetés sur elle comme des barbares. Tandis que l'homme essayait de la casser, la femme au passé africain arrachait méticuleusement les feuilles, y compris les jeunes pousses, et les lançait sur l'asphalte. Ses Nike laissaient de longues traînées vertes.

Le visage baigné de larmes, Celsa s'est crispée. Les lames ont sectionné l'intestin.

Les ciseaux se sont approchés des yeux.

– Si tu fais ça ! a beuglé l'homme en blouse blanche.

La femme, elle, n'a pas attendu. Elle a sorti un briquet de la poche arrière de sa jupe moulante (et en plus, elle fume ! ai-je pensé, tandis que l'odeur imaginaire des Cow-boys me faisait palpiter). La flamme s'est promenée sur le moignon. C'était un spectacle atroce.

L'arbre a crié. Celsa a chancelé.

– Comment peuvent-ils ? a-t-elle bredouillé. C'est un arbre. Il est vivant.

Elle a perdu connaissance.

On l'a allongée en position de sécurité sur la moquette amollie. Ulis a dégrafé son corsage. Elle respirait par à-coups.

Quand je l'ai vue ainsi, vulnérable et accablée, elle qui était la force personnifiée, le courage et l'ardeur, mon sang a bondi au cerveau, j'ai saisi l'enfant brunâtre et j'ai uriné sur sa belle gueule. Les camarades applaudissaient. Puis j'ai lancé l'affiche trempée par la fenêtre.

Déjà Celsa revenait. Elle a murmuré :

– On se vengera.

– Oui, Celsa ! s'est-on empressé de la rassurer.

Notre juste colère avait atteint le Mont-Blanc. Il a fallu toute l'autorité d'Ulis pour nous empêcher de nous ruer immédiatement à l'assaut des fumiers.

– Patience, disait-il. Ne soyez pas des gamins. Songez au tireur d'élite qui laisse la cible s'approcher. Les renforts vont arriver. Alors on sera redoutables.

Il était neuf heures cinq exactement quand on a vu nos troupes au loin dans l'avenue, avec à leur tête Saint-Cyr, tout de blanc vêtu, dans son survêt au Coq sportif. On l'a applaudi.

Ulis l'a appelé sur le portable. Il a dit :

– Commence par l'entrée et le garage. Puis prends le contrôle de l'escalier. Ensuite tu montes chez nous. On t'attend.

Fort d'une cinquantaine de bénévoles, Saint-Cyr n'a pas été long. Des taches rouges se sont formées sur la blouse blanche : c'était le nez qui pissait. Le médecin de mes deux était allongé dans les débris de bois. Il n'avait plus du tout envie de frimer.

Ravie, Celsa a repris des couleurs. Le feu aux joues, elle a crié :

– Il est pour moi ! Occupez-vous plutôt de la maquerelle !

La femme au passé africain, elle, était parvenue à se dégager.

– Ne la laissez pas s'enfuir ! a crié Malabry.

Elle n'avait aucune chance, le parvis étant maintenant cerné par nos forces. Son profil pétrole s'est découpé sur le survêt de Saint-Cyr, elle a pris un léger coup de tatane, sans gravité hélas, elle a couru se réfugier dans l'immeuble, comme son compagnon en blouse blanche, on les a entendus qui montaient les escaliers quatre à quatre.

La prise du garage et de l'escalier a été une affaire de minutes. À neuf heures vingt-huit, Saint-Cyr frappait à notre porte du troisième. Nous étions libérés.

– Que c'est-il passé ? a-t-il demandé en voyant le délabrement des locaux.

On lui a tout raconté.

– Ah ! que ne m'avez-vous appelé hier ! se lamentait-il. Jamais on n'aurait laissé faire !

Ulis l'a rassuré.

– Tout a été pour le mieux. Nous sommes peut-être fatigués, mais la Foulée verte est sortie grandie par nos épreuves. Et l'essentiel, c'est que vous soyez en pleine forme, ça fait plaisir à voir ! Allons, ne perdons pas de temps. Jouons l'effet de surprise. On a dix minutes pour préparer l'assaut... Pendant que j'y pense...

Il s'est tourné vers moi.

– Julien, cours vite t'acheter un cahier neuf, je vois que celui-ci est tout abîmé par la flotte. Je tiens à ce que tu notes précisément ce qui va se passer, car ce sera grand. Et grouille !

Voilà qui officialisait mon rôle de correspondant de guerre. J'en ai retiré une grande fierté. Je me sentais investi. Une sorte de Frank Capa j'étais. Tel

Hemingway pendant la guerre d'Espagne, j'allais mettre ma plume au service de l'Histoire.

Je suis parti comme un drone.

Au passage, j'ai salué nos bénévoles qui gardaient les escaliers. Leur bonne humeur faisait plaisir à voir. La situation était à notre avantage maintenant. C'était les vaccins qui croupissaient, enfermés dans leurs bureaux. L'entrée de l'immeuble était sous contrôle de Josas, qui m'a autorisé à jeter un coup d'œil à nos bureaux du premier.

Ce n'était pas beau à voir. Pas une table n'était debout, pas une chaise. Leurs pattes brisées jonchaient les flaques d'eau. Les cirés jaunes, découpés au couteau, étaient éparpillés comme des crocus écrasés. Quelques ordinateurs éventrés montraient leurs cellules grises. On aurait dit un bombardement.

– Le proprio aura les guiboles ! a dit Jonas, et on a ri, un peu rigides.

Ensuite j'ai foncé à la papeterie. Le cahier à spirale acheté, je me dirigeais vers notre immeuble, quand j'ai vu le handicapé au coin du parvis, qui allait, si l'on peut dire, cahin-caha.

Précipitamment, je me suis engouffré dans le premier commerce venu. C'était un café-tabac. Je suis resté à l'observer à travers la terrasse. Comme il me rendait nerveux, je n'ai pas pu m'empêcher d'acheter un paquet de Cow-boys. Je l'ai mis dans la poche arrière de mon pantalon. Je me suis promis de le jeter dès que la bataille décisive serait terminée. Je me souviens même des mots exacts que j'ai prononcés dans ma tête :

« Écologie la Foulée verte, si tu veux bien m'assister dans cette journée difficile, je te promets solennellement de ne pas toucher à ce paquet de Cow-boys. »

J'ai pensé ensuite à m'acheter un sandwich car j'avais les trolls au ventre, mais je me suis rappelé que l'on m'attendait pour la grande bataille, et je suis sorti rapidement par une porte dérobée.

Le handicapé faisait des ronds à l'orée du parvis, et tout portait à croire qu'il nous surveillait. J'ai couru pour ne lui laisser aucune chance de m'accoster.

C'est essoufflé que je suis monté chez nous, et là j'en ai appris une bio bonne qui était arrivée pendant mon absence. Les vaccins, par la voix officielle de leur cheftaine, avaient demandé un cessez-le-feu.

– Ils nous prennent pour des cons, a dit Celsa. Maintenant que ça se retrouve en position de faiblesse, ça veut négocier. Très commode !

À notre grand étonnement, pour ne pas dire déception, Ulis semblait prendre la trêve au sérieux. Il nous montrait un papier à en-tête *Enfance et vaccin*, sur lequel figurait en termes très polis une demande de réunion au sommet. Leur cachet rond représentait une colombe stylisée se posant entre les paumes d'un enfant. Une esthétique pavée de bonnes intentions qui ne me disait rien qui vaille.

– Tu ne leur fais pas confiance, j'espère ? a demandé Celsa. Ces barbares qui ont torturé un arbre vivant sous nos yeux !

– En effet, a dit Ulis pensivement. Je ne crois pas un mot à ce qu'ils racontent, mais... Je te rappelle que nous sommes au service d'une noble cause qui est la Foulée verte. Cela crée des obligations morales. La paix est ce qu'il y a de plus beau aux oreilles de cette écologie-là.

Voilà comment il était, le grand Ulis. Même humilié, même martyrisé, il tendait l'autre joue s'il pensait que la paix dans le monde pouvait en sortir gagnante. Il n'y avait pas sur cette planète deux noblesses comme lui.

Le rendez-vous a été fixé : dans une heure, chez les vaccins, au quatrième. Notre délégation s'est préparée méticuleusement. Tout l'état-major, d'Ulis et Celsa à Saint-Cyr et Josas, a revêtu ses plus belles médailles. Puis on a discuté des questions de protocole. Ulis ne tenait pas spécialement à entrer en premier chez les vaccins (toujours cette modestie maladive). Il disait que Celsa méritait davantage cet honneur, et qu'il serait particulièrement plaisant, du point de vue de la Foulée verte, que ce fût une femme qui dirigeât notre diplomatie.

Tout en étant flattée, Celsa faisait la fine bouche. Elle a dit :

– Si c'est uniquement une question de galanterie, je m'y oppose farouchement. La galanterie est une pratique sexiste, héritée des âges sombres.

Saint-Cyr, lui, ne comprenait pas pourquoi ce serait Celsa le porte-parole de la délégation, alors que d'autres, d'après lui, avaient fait davantage pour la Résistance. Sans se nommer directement, il a fait mention des forces vives qui ont libéré l'entrée et nos deux étages inférieurs, forçant les vaccins à la négociation.

– Tu raisonnes comme un USA, s'est agacée Celsa. La force, toujours la force.

Saint-Cyr haussait les épaules.

– Que ferais-tu, Celsa, à l'heure qu'il est, si certains éléments courageux n'avaient forcé Machepot à la débâcle, puis, dans un mouvement de troupes circulaire, bravant leurs blessures, n'étaient venus à ta rescousse ? Je crois que ces éléments-là ont autant le droit que toi de récolter aujourd'hui les fruits du succès.

Car on ne craignait pas de prononcer ce mot, succès. *Le* succès. Succès, parce qu'on avait tenu. Succès, parce qu'on s'était libérés collectivement, et non avec l'aide de la gendarmerie ou d'une quelconque instance moralement inférieure à la Foulée verte. Et le succès poussait à l'arrogance. On avait les rubis dans les yeux et l'on se chamaillait la peau de l'ours.

Ulis a tranché :

– Au lieu de vous disputer, vous feriez mieux de peaufiner les exigences qu'on leur présente. Pour ce qui est du commandement, même si je voulais m'en dispenser, je vois devant votre attitude infantile que c'est un luxe que je ne peux me permettre.

Cette remarque cinglante de notre maître a fait taire les jalousies.

On s'est penchés sur la résolution 002, dite de la Libération, dont le texte devait rester historique. On y exigeait le débarras pur et simple des étages quatre et cinq de toute présence des vaccins. Puis on voulait un document écrit stipulant la responsabilité totale et sans équivoque de leur organisation dans le déclenchement du conflit.

Naturellement venait la question des réparations. Nos trois étages avaient été salement touchés.

– Ils évoqueront les voitures, a dit Saint-Cyr.

– Ils ne sont pas en mesure d'évoquer quoi que ce soit ! a tapé Celsa. On leur impose nos vues et ils signent !

– Sois réaliste, a plaidé Saint-Cyr, jamais ils ne le feront. Cela signifierait leur ruine financière.

Alors Celsa s'est énervée.

– Ah je vois. Tu veux bien te contenter de courbettes en guise de réparations, toi. Tu n'es pas resté une nuit entière à grelotter sous l'eau, toi.

– Et toi, personne ne t'a jamais attachée à un grillage avec des menottes ! a crié Saint-Cyr.

– On se calme ! a ordonné Ulis, et sa voix autoritaire a éteint l'incendie. Il est essentiel que l'ennemi, même vaincu, ne perde pas la face.

En conséquence, il a été convenu que les réparations financières ne tiendraient pas compte des dégâts de nos locaux mais uniquement du matériel informatique endommagé et du manque à gagner que nous avions subi, car cette semaine de conflit avait désorganisé la quête auprès des industriels.

Ulis paraissait satisfait.

– De cette façon, on leur fait croire qu'il est plus avantageux pour eux de signer que de s'acharner à nous combattre. Ils auront l'impression de s'en sortir pour pas cher.

– On pourrait peut-être juger ceux qui ont eu l'idée d'inonder nos étages ? a suggéré Malabry. Les crimes de guerre sont imprescriptibles.

On a tous convenu que ce projet, bien que louable en termes moraux, ne pouvait être mis en pratique immédiatement, pour des questions de susceptibilité des vaccins. Ce serait plutôt une étape à envisager sur le long terme quand ils auraient baissé culotte sur les questions matérielles d'évacuation des locaux et des réparations.

On discutait ainsi, le document de nos revendications s'allongeait et l'on se demandait comment les vaccins allaient digérer le ricin. On entendait, venant de là-haut, les bruits caverneux de leurs pas, les pieds des meubles que l'on déplaçait, ça nous faisait comme le tonnerre d'un orage qui s'éloigne.

– Ils se préparent déjà au déménagement, a dit Josas.

Il y avait de la victoire dans sa voix.

– Je crois plutôt qu'ils installent la salle de conférence, a suggéré Celsa.

Il était temps de monter.

Notre délégation était composée d'Ulis, qui marchait en tête, suivaient Celsa et Saint-Cyr, sur un pied d'égalité, et les lieutenants de seconde catégorie, comme Josas. Le fer de lance de nos troupes, soit une cinquantaine de bénévoles parmi les plus costauds, nous encadraient.

– Quand on sera sur place, méfiez-vous d'une attaque surprise, avait dit Ulis juste avant que l'on ne s'engage dans l'escalier. Entrez le plus rapidement possible dans leurs bureaux, et occupez les positions stratégiques aux portes et dans les coins. Regardez leurs mains, pour vérifier qu'il n'y a pas d'arme, batte de base-ball ou chaîne, je crois qu'ils en ont récupéré sur nos vélos. S'ils refusent de présenter les paumes, donnez le signal d'alarme.

Mais il n'y avait rien à craindre de ce côté-là. La femme au passé africain nous a ouvert la lourde porte blindée du quatrième étage. Au passage, on a pu constater à quel point cela aurait été difficile pour nous de la prendre d'assaut, même avec notre supériorité numérique.

La femme s'est inclinée en signe de soumission. Son sourire à l'ivoire impeccable faisait penser à du sucre raffiné, blanc de blanc, mauvais pour la santé.

Les amabilités dont elle nous a gavés ont fait mousser notre orgueil de vainqueurs.

– Entrez, je vous prie, a dit la femme. Vous êtes le grand Ulis, dont nous avons tant entendu parler ?

J'ai bien cru qu'il allait rougir, mais c'était méconnaître l'entraînement de son esprit.

– Ceux qui m'appellent de la sorte, a-t-il répondu, ne rendent pas service à la Foulée verte, pour laquelle tous les bénévoles sont égaux.

Derrière la porte des vaccins, s'ouvrait un long couloir entièrement vide. Nous sommes entrés sans nous presser, comme nous avait dit Ulis, la méfiance à fleur de peau. Saint-Cyr a déployé sa section à l'entrée du premier bureau, Celsa en a fait de même pour le suivant. La femme au passé africain a fait un mouvement du cou qui voulait dire « je vous en prie, faites comme bon vous semble ». Son regard, plus humble que celui d'un prêtre qui tente une main dans le short de l'enfant de chœur, indiquait la subordination absolue.

Pièce par pièce, nous avons progressé vers le centre de l'étage.

– Encore un bureau vide, chef! a lancé Josas qui était parvenu au fond du couloir.

Ulis a attrapé la femme par le bras.

– Où est la cheftaine ? a-t-il demandé.

– Elle va arriver, a fait l'autre en cherchant à se dégager.

– Pourquoi les bureaux vides ?

La femme s'est contentée de sourire mystérieusement. Ulis ne lâchait pas. Son air soupçonneux scrutait les pupilles corbeau.

– Sans doute se méfient-ils de nous, a suggéré Celsa. Pour une raison que j'ignore, nous leur faisons crainte. C'est un comble quand on sait que la Foulée verte a toujours privilégié la paix. Mais bon. Quant aux bureaux... S'ils sont vides, c'est pour créer un territoire neutre, parfait pour une négociation stratégique.

Sur le moment, l'explication a paru plausible. Elle flattait notre ego. Ulis a fait un clin d'œil, l'air de dire tant mieux. Il s'est penché à mon oreille.

– Note, mon garçon. S'ils considèrent le quatrième comme neutre, c'est qu'ils ont déjà effectué un pas psychologique important vers la libération totale de l'immeuble. Nous pouvons...

C'est précisément à cet instant que la femme au passé africain a fait un violent mouvement. Ulis a failli perdre l'équilibre. Sans son entraînement oriental à la maîtrise du corps, il aurait lâché prise.

Une vague inquiétude a effleuré son visage.

On a entendu un claquement, comme l'aurait fait un fusil à air comprimé, et le bruit d'un verrou.

– La porte ! a hurlé Saint-Cyr, mortel tard.

La blindée venait de se refermer dans notre dos. Nous étions bloqués dans les locaux d'*Enfance et vaccin*. Nos meilleurs éléments, notre haut commandement, l'élite de la Foulée verte, se trouvaient enfermés dans un no man's land, coupés de la base au troisième étage, tandis que les vaccins s'étaient tranquillement réfugiés au cinquième.

C'était donc cela le bruit que l'on avait entendu tout à l'heure : ils déménageaient, ces bâtards, ils libéraient les bureaux pour qu'il ne nous reste aucun meuble, aucun papier sur lequel passer notre colère mâtinée d'impuissance.

– Ouvrez ! a crié Josas en martelant la porte blindée de ses poings.

Avec le même effet, il aurait pu cogner un bunker.

On s'y est mis à vingt, du meilleur muscle qui fût, on a crié, on a pleuré, on a invoqué le nom de la Foulée verte, il n'y avait rien à faire.

Au même moment nous sont parvenus des cris désespérés de nos camarades restés au troisième.

– Ils les ont attaqués ! a compris Ulis.

Nous nous sommes glacés. Les sections restées à la base n'avaient aucune chance face à une descente en force des vaccins. Le piège se refermait sur nous. Le collectif de nos rêves s'envolait.

Les bruits de bagarre ne laissaient aucun doute : les nôtres se faisaient massacrer. On entendait les meubles voler, les écrans exploser.

– Furet fusée fumée ! ai-je crié, comme si mon insulte pouvait empêcher quoi que ce soit.

– Ma newsletter ! hurlait Chatou.

– Mon ours brun !

– Les posters !

– La compta !

Chacun découvrait une perte irrémédiable. Chacun voyait, dans son petit train-train dévasté, l'image de la Foulée verte qu'on étripait.

Ulis était le seul qui pensait aux autres.

– Nos pauvres camarades ne méritent pas ce sort, se lamentait-il. Je suis fautif.

– Non, Ulis, a dit Celsa. Regarde ce que j'ai.

Elle tenait la femme au passé africain. Elle lui avait fait une clé dans le dos. La femme montrait ses ivoires blanches, de douleur cette fois.

Dans les premiers moments de rage, on l'avait oubliée, celle-là.

– Comme on se retrouve ! jubilait Celsa.

La femme a étalé tout son mépris pour notre noble cause en émettant de ses sombres entrailles un son déplacé.

– Je vais la démonter, la négresse ! a crié Saint-Cyr en lançant son poing.

Le regard furibond de Celsa l'a stoppé net.

– Comment oses-tu ? Toi, un lieutenant de la Foulée verte ! Employer ce mot connoté !

La voir ainsi en colère, accolée par-derrière à la femme au passé africain qui avait, elle aussi, un physique, avait un je-ne-sais-quoi de troublant qui me faisait palper le paquet de cigarettes. Celui-ci, bio calé au fond de ma poche fessière, semblait modifier le centre de gravité de toute ma personne.

Ulis s'est approché de la prisonnière.

– Dis-nous, prisonnière, comment peut-on sortir du quatrième ? a-t-il demandé avec son air digne.

La ch... chamelle s'est contentée de sourire :

– Jamais *Enfance et vaccin* ne s'abaissera devant des mécréants qui négligent les souffrances des bambins du tiers monde.

Elle a récité la sentence avec un air de Jeanne d'Arc au bûcher, et nous sommes restés béants, cloués par son intransigeance, impressionnés par cette idéologie pernicieuse qui l'avait imbibée.

– Quel immonde lavage de cerveau ! s'est emporté Josas. Se rend-elle seulement compte, cette sauvage, des dégâts causés à l'environnement par ces pu... maquereaux d'enfants qu'elle défend ? Sais-tu, bamboula, que tes bambins chéris n'hésitent pas à braconner l'éléphant ? Mais oui, mazselle, on l'a vu. En Angola, au Kenya, en Ouganda. Et ça, *Enfance et vaccin* ne veut pas le voir. « C'est pas mon affaire », qu'elle dit, *Enfance et vaccin*. Le pachyderme, lui, disparaît. Ce qui est loin d'être le cas de tes pu... maquereaux d'enfants, dont on ne sait que faire tellement il y en a.

Rétrospectivement, je conçois que les propos de Josas ont été un peu raides, surtout le terme « sauvage » qui a fait tousser Celsa, mais il avait des circonstances pour lui, la pression, le désespoir de notre situation, la sensation de perdre la guerre. C'était très dur, vous savez, de voir ainsi notre juste cause réduite à néant par des salopards sans scrupules.

Car ils l'étaient, je le répète. Il suffisait d'écouter les cris de nos camarades du troisième pour comprendre qu'ils passaient un très mauvais quart d'heure. Ils se battaient comme de beaux diables, nos camarades, à un contre trois, avec de nombreux blessés dans leurs rangs, mais ils reculaient, c'était inévitable, et l'on entendait par la cage d'ascenseur leurs cris de douleur et d'angoisse, parsemés d'appels au secours.

Que pouvait-on faire ? Malades d'impuissance, on leur lançait des encouragements.

– Tenez bon ! criait Saint-Cyr.

– Visez les seins ! conseillait Celsa.

– On arrive, les amis ! mentait Josas tandis que des larmes coulaient sur ses joues.

Soudain, un cri plus atroce que les autres :

– L'Exxon Valdez, ils ont eu l'Exxon Valdez !

Le bureau d'Ulis avait été pris.

C'était la goutte de trop. À imaginer notre sainteté entre des mains infidèles, notre sang n'a fait qu'un tour. Les minutes magiques de la communion nous sont revenues en mémoire, le goût du pétrole a resurgi sur nos lèvres.

Nous nous sommes regardés. Les gestes à accomplir nous sont venus d'instinct.

On s'est assis en cercle et on a scandé le saint nom de l'Exxon Valdez, de plus en plus fort comme l'autre nuit, sauf que l'on était plus nombreux cette fois et plus musclés. Du troisième, échappant au fracas de la bagarre, le cri de ralliement universel nous répondait, nos camarades chantaient eux aussi, de plus en plus faiblement, hélas, comme le murmure d'un ruisseau éternel : Exxon Valdezzzz…

L'esprit de la Foulée verte est descendu sur nous. Nos forces physiques ont été démultipliées. Et nos moyens intellectuels ont battu les indices. Car c'est précisément après avoir appelé par trois fois l'Exxon Valdez que Malabry a eu son idée géniale.

– L'ascenseur ! a-t-il crié. Il suffit d'ouvrir la cage du quatrième avec un outil, comme on a fait pour la nôtre, et de descendre en rappel, le long du câble de sécurité, sur un étage. Depuis la panne électrique, les battants du troisième ferment mal. On les a juste tirés pour que personne ne tombe par inadvertance. On les ouvre de l'intérieur en un coup de main.

Ulis a écouté, Ulis a souri, Ulis a crié :

– La providence est avec nous !

Une immense clameur a jailli de nos tripes. Les dangers de la cage d'ascenseur nous importaient peu. On se pressait pour aller au combat. Le corps démangeait. Les mains voulaient des claques, les fronts, des coups de boule, les genoux pensaient aux entrejambes, les pieds, aux tibias. À défaut de vaccins, les poings tapaient les murs. Ils s'échauffaient.

Ulis organisait la contre-attaque.

– Saint-Cyr, tu prends vingt bénévoles. Josas, les vingt suivants. On fera deux vagues espacées d'une minute. Votre objectif : leur couper le chemin de la retraite vers les escaliers. C'est la priorité. Ainsi, après les avoir vaincus au troisième, on s'emparera du cinquième. En avant !

Saint-Cyr a ouvert la cage d'ascenseur. Sa main a attrapé le câble, il nous a fait « yo ! » en montrant le pouce et il a plongé. Sa section l'a suivi comme un seul homme, impressionnante de discipline et de motivation. Les vaccins allaient déguster.

La femme au passé africain a bien essayé de les avertir.

– Attention ! a-t-elle crié. Les écolos arrivent par…

Josas lui en a collé une sous le menton, ses ivoires mortel blanches ont fait clac ! – elle a perdu connaissance. On lui a mis des menottes.

– Julien, tu restes ici avec la prisonnière, a dit Celsa.

J'ai protesté car je voulais absolument participer au débarquement. Il y allait de mon honneur de bénévole au service de la Foulée verte. Sans oublier mon rôle d'historien dans ces instants glorieux de reconquête, moi qui devais décrire notre épopée dans le cahier à spirale.

Ils n'ont rien voulu savoir.

– Tu es le moins expérimenté des combattants, ont-ils remarqué avec raison, et il faut quelqu'un pour surveiller cette ch... chamelle. Désolés. Profites-en pour relire ton cahier.

Un par un, ils sont descendus vers la revanche, et l'on a pas tardé à entendre les cris de panique des vaccins, relayés par les hurlements de joie. C'étaient les nôtres que l'on libérait.

Je suis resté seul au quatrième, avec la femme dont la couleur n'est pas discriminante.

Elle saignait tranquillement par le nez, et j'ai été étonné du contraste que faisait le liquide sur sa peau sombre : du très beau rouge, plus saturé de couleur, m'a-t-il semblé, que le sang ordinaire.

Le sang gouttait sur la plénitude agréable de son corsage. Comme elle était menottée, je me suis approché suffisamment pour distinguer son grain de peau si particulier. Involontairement, je faisais la comparaison mentale avec Celsa, l'incurvé des reins, l'élasticité du mollet, et le paquet de cigarettes gémissait dans mon pantalon. J'étais à deux doigts de me laisser aller. Heureusement elle a miaulé sans reprendre conscience, et je suis revenu aux réalités.

Les cris provenant de la cage d'ascenseur s'intensifiaient. Je décryptais chaque hurlement, chaque coup de meuble. On progressait, il n'y avait pas de doute. Saint-Cyr commandait « allons-y », Josas répondait « pas de pitié », et les ordres précis d'Ulis focalisaient la colère de nos armées :

– La porte !

– Sa jambe !

– À gauche !

– Le porc-épic !

Des pleurs hystériques, typiques des petites natures, commençaient à faire entendre leur klaxon. Cette musique m'a rempli d'allégresse, comme si je baignais tout entier dans la Foulée verte.

L'issue du combat ne faisait aucun doute. Nous avions l'avantage numérique, l'effet de surprise et la masse musculaire. Surtout, notre soif de vengeance avait grossi jusqu'aux confins de l'univers. Sans oublier que l'on combattait sur notre terrain, le troisième, dont on connaissait chaque fissure, et dont la libération faisait bouillir en nous un élan patriotique impérieux.

Les bruits de meubles se sont faits plus espacés, nos troupes n'avaient aucun intérêt à casser le matériel. En revanche, on entendait nettement la sérénade molle et sensuelle des poings qui rencontraient la viande. Des râles déchirants, que l'on pouvait presque prendre pour des agonies amoureuses, remplissaient l'espace.

– On ne s'arrête pas ! commandait Ulis.

Sa voix montait maintenant par les escaliers, et construisait avec la cage d'ascenseur un effet stéréophonique saisissant. Le combat s'était déplacé vers l'entrée. Les vaccins commençaient à fuir.

– Fauchez-en un max ! jubilait Celsa, et son cri transportait une note d'ivresse.

L'escalier psalmodiait sous les pas des vaccins en déroute.

Bientôt, des mains amies ont débloqué la porte du quatrième, et nos troupes victorieuses sont entrées, Celsa en tête, la gorge bouillonnant d'archanges.

– On les a eus, Julien !

J'ai couru l'embrasser. On s'est serrés si fort, si tendrement. On aurait dit que l'on ne s'était pas vus depuis cinq ans. La tête me tournait, mes mains s'égaraient, je me touchais la poche arrière, et une folle envie de fumer m'embrumait l'esprit.

– Tu as tout noté dans ton cahier ? gazouillait-elle. On verra ensemble tout à l'heure. Le cinquième résiste mais plus pour longtemps. Saint-Cyr et Josas leur défoncent la porte avec l'extincteur.

On entendait en effet les puissants coups de bélier qui résonnaient.

Des bénévoles essoufflés et heureux accompagnaient chaque coup d'un « olé ! » enthousiaste.

Cependant Ulis restait pensif :

– La guerre n'est pas finie. Il faut terminer le travail. Si l'on ne fait pas attention, on se fera surprendre comme tout à l'heure.

– Malabry nous en sortira, plaisantaient les bénévoles.

– L'hydre est encore vivante, répondait Ulis, et son doigt pointait vers le cinquième. Un dernier effort sera nécessaire. Capturer la cheftaine pour la livrer au tribunal pénal international.

« Qu'entendait-il par là, Julien, à ton avis ? » me demande-t-on souvent.

Franchement, je ne l'ai jamais compris. Peut-être voulait-il simplement parler de justice supérieure, celle de la Foulée verte, une justice qui règne au-dessus des hommes et de leurs petites querelles, et qui protège la Nature, notre bien le plus précieux. Pour cette justice-là, les vaccins étaient responsables de la guerre et de son cortège de malheurs, ils devaient donc en répondre.

C'est ainsi que les bénévoles l'ont interprété, en tout cas. Ils ont retroussé leurs manches. Les journées d'humiliation leur sont revenues en mémoire, surtout la dernière trahison. Nos étages dévastés. Notre patrie occupée. Nos hommes et femmes blessés.

Peu à peu, ils affluaient au quatrième, nos mutilés, le seul étage qui n'était pas endommagé, où l'hygiène était correcte et où ils pouvaient se reposer. Quel affreux spectacle ! La violence des combats avait été terrible. Les uns boitaient, les autres serraient leurs tuméfactions. Des nez cassés, des yeux pochés. Le long des joues, des coups de griffes.

Un bénévole avait la narine arrachée. Le regard éteint, ces gueules cassées se sont regroupées autour du point infirmerie, organisé à la va-vite, où on leur distribuait pansements et cachets de vitamines.

Il y avait aussi quelques cas graves. Antony avait une double fracture. Palaiseau, une coupure à la cuisse vraiment moche. Robinson avait été frappé à la nuque et il entendait les oiseaux. Enfin Malabry, notre sauveur à l'imagination fertile, un brave parmi les braves, était salement tombé sur les débris d'un écran. Il avait le bout de son index droit coupé. On lui a fait un garrot au-dessus de la troisième phalange, avec un lacet. Ça ne saignait plus, mais la vue du moignon était insupportable.

– Ce n'est rien, disait-il pourtant. Je vais bio, camarades. Pour la compta, je taperai les chiffres de la main gauche. Vous verrez.

J'en ai eu les larmes aux yeux.

– Tiens bon, a dit Celsa en voyant mon désarroi, ils vont le payer cher, les bécégés de merde, tu peux me croire.

– Pas schtok, pas broque, ou mastoc…

– Oui, Julien, on leur en mettra encore, tu vas voir !

Je me suis effondré sur sa poitrine. Larmes ou pas, l'envie de fumer est revenue aussitôt – maudits Cow-boys !

– Attends Julien, pas tout de suite, attends mon garçon…

Elle me repoussait. Car le combat, lui, n'attendait pas. Je l'ai embrassée maladroitement.

Elle est partie vers l'escalier, rejoindre nos légions, et je l'ai entendue qui criait plus fort que jamais :

– On leur entre dans le mou ! Allez ! On y va, on y croit !

Je suis resté seul avec les blessés. On écoutait la charge de la redoute qui se jouait au-dessus de nos têtes, et même si certains ne pouvaient s'empêcher de geindre à cause de leurs blessures, on salivait à l'idée que la porte du cinquième serait bientôt défoncée. La cheftaine en prendrait enfin pour son grade.

« Et les blessés d'*Enfance et vaccin* ? » me demande-t-on, et je sens un reproche. « Qu'en avez-vous fait, Julien ? »

Je voudrais souligner que si l'on n'a pas soigné les vaccins qui gisaient au troisième, et dont certains étaient aussi touchés que nous, voire davantage, c'est uniquement par manque d'effectifs. On avait besoin de toutes nos forces pour finir l'assaut. Le moindre laxisme de ce côté-là aurait pu nous coûter la victoire. On jouerait au bio samaritain plus tard. Alors on a regroupé les ennemis blessés dans le bureau d'Ulis. Josas les a enfermés et m'a donné les clés avant de monter, lui aussi, au cinquième. Pour les faire patienter, on leur a distribué quelques brochures sur la Foulée verte afin qu'ils se familiarisent avec nos hautes valeurs morales et spirituelles.

La seule prisonnière que l'on a gardée avec nous au quatrième était la femme au passé africain. Elle était la plus gradée et elle pouvait nous être utile. Ah, si seulement elle avait voulu être plus coopérative !

Quand elle a repris connaissance, j'ai essayé moi aussi de lui expliquer les avantages de la Foulée verte. J'ai mis une brochure devant ses yeux troublés (elle avait toujours ses mains menottées dans le dos) et j'ai fait un peu de lecture.

Elle m'a lancé un regard plombé de mépris.

– Bô Kilimanja, Oubangui rôoo ! ai-je articulé en voulant détendre l'atmosphère.

– Toi, le dégénéré, ta gueule, m'a-t-elle répondu.

Je lui ai fait remarquer que je trouvais son langage insultant, car je ne me considérais pas handicapé, même si l'on m'avait catalogué comme tel lors de mon recrutement, mais c'était pour des raisons administratives. Pendant que j'expliquais, l'image du fou en fauteuil roulant (un vrai handicapé, celui-là) est venue me troubler, et j'ai dû bafouiller.

– Arrête de baver, a dit la femme.

La révulsion se lisait dans ses yeux au passé africain.

Là je lui ai signalé que mon défaut d'élocution était compensé par une aisance à l'écrit. Le sens de mon discours se voulait formateur, car je sentais dans les propos de la femme une méchanceté totalement incompatible avec la Foulée verte. Je lui ai montré mon cahier à spirale. Savez-vous ce qu'elle a fait ? Elle a craché dedans. Un gros mollard, suintant le sang, a coulé entre les lignes. J'étais consterné. Comment pouvais-je le montrer à Celsa, maintenant ?

J'ai sorti un mouchoir et je l'ai comprimé entre les pages. Ça ne partait pas. Alors j'ai reculé d'un pas et j'ai cogné la femme dans le tibia. Même pas fort j'ai été, car il n'y avait dans mon geste aucune animosité contre sa couleur non discriminante, à peine y trouvait-on une exaspération face à la mauvaise volonté, du même genre que ressent le maître devant un bonnet d'âne.

– Espèce de raciste ! a-t-elle lancé.

Il n'y avait pas de pire insulte pour un homme sur la voie de la Foulée verte.

Aussitôt, mes camarades blessés ont crié au scandale.

– Non mais pour qui elle se prend, celle-là ! C'est qu'elle te donnerait des leçons, la robe de mariée. Julien, ne te laisse pas faire.

Ce n'était pas dans mes intentions.

Je l'ai cognée une deuxième fois, au même endroit. En la frappant, même pas fort, exactement comme la dernière fois, je lui envoyais un signal clair : ses paroles nourries par la haine ne m'affectaient pas, car il n'y avait pas un atome de vrai.

Elle a hurlé de plus belle.

– Sale puceau ! Relâche-moi immédiatement, et va sucer ton pouce ! T'es même pas capable d'aller au combat avec tes autres connards d'écolos.

Mes camarades et moi étions outrés. Son discours était parsemé de préjugés sur l'âge, dont la grossièreté m'a fait particulièrement mal. L'âge ne doit jamais être un critère pour apprécier la compétence d'un homme ou d'une femme. C'est le b.a.-ba quand on veut atteindre la Foulée verte.

– Eh, Julien, attention elle se barre, ont crié mes camarades.

En effet, la femme avait profité d'une seconde d'inattention de ma part, occupé que j'étais à réfléchir aux énormités qu'elle avait dites, pour ramper à l'écart. Encore un peu, elle se serait remise sur ses jambes.

Comment je l'ai attrapée ! Vite fait elle était soumise. D'un coup d'un seul, j'ai propulsé ses kilos sur la moquette. Moi, le blanc-bec, je la matais, elle, la lieutenante soi-disant expérimentée.

Hélas, pendant l'opération, le chemisier s'est déchiré dans son dos, la jupe s'est retroussée, et je n'ai pas pu m'empêcher de traîner les yeux sur son corps. Un négatif de Celsa, me suis-je dit. Aussitôt les cigarettes ont hurlé dans ma tête, une cavalcade de cow-boys à vous damner, j'en ai eu la sueur.

Les camarades pétillaient de joie, la femme se contorsionnait sous mon pied, et moi, pendant ce temps, je devais combattre une envie presque surhumaine, avec le paquet qui gigotait dans mon froc. C'était une épreuve.

J'ai mis la femme sur le ventre, pour limiter ses mouvements, mais ce faisant, mes mains frôlaient çà et là sa peau tendue. La gorge me serrait. Je récitais mentalement des prières. Ô écologie Foulée verte, implorais-je, ne me laisse pas tomber en ce moment difficile ! Éloigne ma main de la cigarette !

Écartelé j'étais. La main droite appuyée sur le dos de la femme, juste au-dessus de la courbure magique, la main gauche caressant déjà le paquet de Cow-boys à travers le tissu du pantalon.

– Putain ! jurait la femme, sans aucun respect pour ces femmes exploitées dans leur corps.

– Ferme-la, pétale de lys ! gueulaient les camarades blessés dont bien peu devinaient l'intensité de mon combat intérieur. Mate-la, Julien !

– Putain ! a répété la femme, et c'est là que j'ai eu mon illumination.

Quand on parle du loup, me suis-je dit. J'ai pris ma main droite, en oubliant la gauche pour quelques instants, et j'ai tiré sur la jupe. Elle est venue toute seule. Ah, tu disais « putain », te voilà servie !

En réalité, mes intentions étaient pures. Je ne cherchais en aucune manière à l'humilier. Bien sûr j'aurais aimé qu'elle comprenne la tragédie inhérente au mot « putain », qu'elle le sente pour ainsi dire dans son corps, qu'elle mesure la déchéance dans laquelle vivent ces pauvres femmes. Mais ce n'était pas l'essentiel de ma motivation quand je l'ai déshabillée.

Avant tout, je voulais gagner mon combat intérieur contre la cigarette. Et pour cela, j'avais besoin d'oublier le paquet de Cow-boys. Certes, plus ma main droite s'aventurait vers les zones chaudes, plus l'envie de fumer augmentait. Mais la curiosité pour ce corps à la couleur non discriminante grandissait pareillement.

L'instinct me soufflait que je tenais la solution. On devrait l'écouter plus souvent, celui-là. D'abord parce qu'il est naturel. On naît avec, comme le pingouin de l'Arctique. Son action n'obéit à aucun préjugé racial, sexiste, religieux ou autre. En somme, l'instinct est compatible avec la Foulée verte.

Passé un certain point, malgré l'appel oppressant de la nicotine, je ne pensais plus au paquet, comme si l'envie de fumer et le moyen de me satisfaire étaient disjoints. J'avais mes deux mains dans la moiteur et la rondeur.

En dessous du slip, j'ai fait une découverte. Comme je malaxais ses fesses, j'ai cru discerner des zones plus blanches que d'autres, précisément aux endroits où je venais d'appuyer. Surtout, poussant l'investigation jusqu'aux derniers retranchements, écartant ses jambes à coups de genou, j'ai trouvé une anémone rose, propre et soyeuse, qui ressemblait à ce que j'avais connu chez les femmes à coloration commune.

La couleur de cette femme est le triste résultat de la pollution, me suis-je dit alors.

Je suppose que c'était une divagation de mon esprit qui cherchait par tous les moyens à dompter la cigarette, mais sur le coup l'argument m'a paru censé. La marée noire a colorié son corps, me persuadais-je. Son fond, qui est identique à celui de toutes les femmes, n'a pas été touché. En frottant vigoureusement, on doit pouvoir la sauver.

Une vague de tendresse m'a transporté. L'instinct, cet ami, me commandait de m'allonger sur elle.

Ma pauvre mazoutée, ai-je voulu lui chuchoter à l'oreille. Je vais te nettoyer, oiseau de paradis han han, et tu redeviendras han han, blanche comme Celsa.

Elle ne saisissait pas la générosité de ma démarche. Toujours mon bégaiement. Elle se débattait tellement que j'ai failli avoir mal au cœur. On aurait dit un cormoran dans une chambre de décontamination.

« Et tu n'avais aucune idée de la gravité de ce que tu faisais, Julien ? » me demande-t-on souvent à cet instant du récit.

Les gens ne comprennent pas. J'ai beau leur rappeler les circonstances particulières de mon acte, la guerre, la fatigue physique et nerveuse, les propos provocants de la femme, les injonctions de l'instinct, etc., leur attitude reste rigide. La beauté du combat intérieur ne les touche pas. Ils ne sont pas exigeants envers eux-mêmes, ces gens-là. Ça ne les dérange pas de fumer. Ils préfèrent détruire leur santé et contribuer à l'exploitation du tiers monde par des industriels USA avides de profits.

Moi, dans le feu de l'action, quand le plaisir m'a percuté au sud du sternum, je me suis rendu compte que j'avais triomphé de la cigarette, et une grande allégresse m'a transporté, suivie par un coup de massue qui est tellement naturel chez les animaux après un coït. J'étais fatigué mais heureux. Je venais de renaître.

Tout de suite, j'ai voulu partager ma joie avec les camarades. Les pauvres s'étaient tus pendant que je m'escrimais, sans doute avaient-ils crainte de briser l'enchantement, de me faire perdre ma concentration. Les plus expérimentés avaient remarqué la forme typique d'un paquet de Cowboys au fond de ma poche, ils avaient compris le calvaire que je traversais. Dès qu'ils ont vu mon sourire de victoire, ils n'ont pu retenir leur jubilation.

– Bravo, Julien !

– T'es un grand !

– Maquereau !

– Bio visé, la colombe !

Alors j'ai sorti le paquet que je ne désirais plus, qui me dégoûtait même, et je l'ai écrasé devant tout le monde, sous les applaudissements. Je me sentais léger, léger... J'avais envie de crier mon bonheur, celui de l'homme soutenu par la Foulée verte. Je me sentais au centre de l'univers.

Cependant la guerre continuait. Quand je suis revenu de mes extases, j'ai été surpris d'entendre le cognement de l'extincteur, comme si rien n'avait changé depuis tout à l'heure.

– Ils n'ont pas encore percé, a expliqué Malabry devant mon regard interrogateur. Le blindage doit être particulièrement épais.

– Enf' enf' enf' ! ai-je éructé.

J'allais ajouter d'autres grossièretés, quand Celsa est entrée.

– Il ne vous reste pas un extincteur ?...

De suite, elle a vu la femme aux jupes défaites, et son visage a pris une expression râpeuse.

– Que s'est-il passé ?... Qui ?... Toi, Julien ?...

Je n'ai même pas eu à répondre : j'avais encore la chemise qui dépassait du pantalon.

Elle a avancé sur moi, j'ai reculé, elle m'a giflé, j'ai cru qu'elle allait m'arracher les yeux.

– Alors voilà à quoi on s'occupe, pendant que nous autres on se tue là-haut ! Je n'attendais pas une telle lâcheté de toi, Julien !

Elle m'a coincé contre la fenêtre.

– Le viol est un crime de guerre, surtout s'il est commis sur une femme aussi... aussi pétrole. Alors il rappelle les pires époques du colonialisme et de l'esclavage. Honte à toi, Julien ! Honte à nous !

Sa colère s'est brusquement transformée en crise de larmes.

Franchement, c'était exagéré comme réaction. Quand j'analyse aujourd'hui, je me rends compte qu'il y avait aussi de la jalousie féminine, ce qu'elle n'admettra jamais. Car la jalousie est une pulsion consumériste qui vise à la possession égoïste d'autrui, et qui est, par ses préoccupations narcissiques, indigne de la Foulée verte.

Je me voyais déjà filer un mauvais coton, quand la prisonnière a gémi :

– La vache…

Elle gigotait sur le sol en essayant de se rajuster. Elle était maladroite à cause des menottes et de la béquille que je lui avais faite au tibia. Elle avait beau tirer sur sa jupe déchirée, on découvrait certains de ses attraits, et je voyais les yeux des camarades qui lui vrillaient le corps. Je me suis dit alors que je n'étais pas le seul à subir l'assaut des démons intérieurs. Mes camarades n'étaient pas des surhommes non plus, même si leur séjour chez la Foulée verte était plus conséquent que le mien. Comme moi avec la cigarette, ils avaient leurs placards secrets. Certains y conservaient des canettes de Coca made in USA remplies de colorants artificiels, d'autres craquaient pour le foie gras. Leur conscience était aussi lourde que la mienne.

– Arrêtez de me mater, pervers débiles, a dit la prisonnière.

Celsa l'a regardée à travers les larmes.

– Qu'est-ce que t'as dit ?

L'autre a répété. En ajoutant :

– Vous êtes des monstres, vous et votre écologie de merde.

Celsa s'est levée doucement comme si elle n'en croyait pas ses oreilles. Elle s'est approchée et a attrapé la femme par ses cheveux de consistance non discriminante.

– Et torturer un arbre vivant, ce n'est pas monstrueux, maquerelle ?... Et parler ainsi de l'écologie bienfaisante qui lutte pour ton bonheur ?... Réponds !

La femme a essayé de lui cracher au visage.

– Tu vois comment elle est, la boule de coton ? a dit alors Malabry. Un vrai petit roquet. Julien a bio fait. Surtout qu'il ne l'a pas violée. Techniquement, peut-être. Mais pas au sens spirituel du terme. Au contraire. Il se libérait. Il a triomphé des succubes, le petit. Regarde les restes du paquet de cigarettes.

Le plaidoyer a porté. Un par un, les camarades ont témoigné.

– Elle n'arrêtait pas de jurer, et de dire « putain ».

– Elle a craché dans le cahier à spirales.

– Elle s'est moquée de la condition du handicapé.

– Julien a suivi son instinct.

Quand elle a considéré les faits sous ces angles objectifs, Celsa a lâché les cheveux. Son visage, marqué par les dures épreuves que nous venions de traverser, s'est tourné vers moi. Elle paraissait épuisée.

– C’est bien vrai que tu ne pouvais faire autrement ?

– Sur Ulis la tête, ai-je juré mes grands dieux.

– J’aimerai tellement te croire, Julien, a-t-elle soupiré. La guerre est une abomination. La bête qui sommeille en profite parfois pour se réveiller. Seulement… Je me demande s’il n’y a pas eu discrimination de ta part, Julien. À ton corps défendant. Disons, un laxisme moral. En choisissant pour ton combat contre la cigarette un support de couleur cirage, aux origines africaines évidentes, tu as été mortel vite en besogne.

Qu’elle m’accuse de racisme a heurté ma sensibilité. J’en aurais chialé.

C’est encore Malabry qui nous a tirés de l’embarras.

– Il y a des femmes plein le troisième, a-t-il dit, et son regard un peu lourd a labouré la prisonnière. On n’a qu’à descendre pour établir l’égalité. Y a pas de raison ! Une noire, une blanche !

– J’ai repéré une beurette, a enchéri un bénévole timidement.

À ce moment, on a entendu un grand HOURRA ! La porte du cinquième venait de céder.

Aussitôt Celsa s’est précipitée dans les escaliers. Elle ne pouvait manquer cette victoire. Elle l’avait méritée, nous le comprenions, mais nous restions sans réponse. Pouvait-on nous blâmer s’il nous a semblé que sa retraite équivalait à une autorisation tacite ?

– Allons-y, les gars, a dit Malabry. Montrons que la discrimination n'est pas au programme de la Foulée verte.

L'argument m'a paru censé. Je ne voulais pas qu'on me marie à tort et à travers avec ces mots qui font mal : ségrégationnisme, apartheid, xénobrun. Surtout pas Celsa. J'ai donné les clés. Clopin-clopant, ils sont descendus au troisième, traînant en eux leurs démons intérieurs. Je leur ai souhaité bonne chance dans ce combat difficile.

Ceux qui n'ont pas été à la guerre ne peuvent pas comprendre. La mayonnaise prend dans l'instant. Libération pulsionnelle cataclysmique, disent les psys. L'envie de briser le miroir. S'il y a eu défoulement c'est qu'il y a eu refoulement. C'est mathématique. Et qui est responsable du refoulement, je vous le demande, sinon la société et ses émanations hypocrites ?

D'en bas montaient déjà les râles radieux de mes camarades.

Du cinquième descendait sur moi le clapotis serein de la revanche. Nos troupes d'élite ne laissaient aucune chance ni aux hommes ni au matériel. Dans la bonne humeur, ils émiettaient les bureaux, pillaient les ordinateurs, fracturaient les bras, déchiraient brochures et cartes postales.

Enfin, ils ont mis la main sur la cheftaine. Elle s'était cachée derrière la machine à café. Alors ils l'ont cernée et ils ont chanté.

Ulis lançait chaque phrase, qui était reprise en chœur par cinquante gorges fières.

« *Une famille de q'cins se cache dans le fossé,*
Maman donne le sein au bébé.
Dans mon avion je suis passé,
Du napalmeuh j'ai balancé.
Le napalm colle à la peau de bébé. »

Et vlan ! la cheftaine contre la machine à café. Et crac ! ses vêtements déchirés. Et fizzz !

Au quatrième, en sandwich entre les deux boucans, je savourais leur swing jazzy, et je levais un verre imaginaire à la gloire de notre victoire. Quel moment mémorable !

J'étais de nouveau seul avec la femme. Je lui ai donné quelques coups de pied pour qu'elle comprenne bien qui était le maître. J'étais heureux. La cigarette ne venait plus me hanter. Voilà le résultat concret de la Foulée verte, me disais-je. J'avais beau toucher la femme, je ne ressentais aucun symptôme de manque de nicotine. Le soulagement !

Quand je l'ai enjambée pour la deuxième fois, bien que ma position ressemblât à la chevauchée d'un cow-boy sur un pur-sang lusitanien à robe noire, je n'ai eu aucune réminiscence désagréable.

C'est ainsi que j'apparais sur la photo la plus compromettante. J'ai un sourire béat. Peut-être même ai-je pris le premier flash pour une sorte de consécration, comme si Cronos lui-même avait voulu immortaliser cet instant. Ensuite, pendant que les crépitements s'intensifiaient, j'ai compris ma méprise, et j'ai cherché à me dégager de la chair. On me voit les bras ballants, et le reste. La femme a un visage de haine. Sur l'une des photos, ses lèvres sont comprimées en cul-de-lampe, on dirait qu'elle me lance un gros mot. Ces images sont plutôt glauques. Je n'ai jamais été photogénique.

Les journalistes avaient l'air de types ouverts. Il y avait François, Guillaume et d'autres que je ne connaissais pas. Voir des visages familiers, appréciés d'Ulis, m'a rassuré. J'ai essayé de leur expliquer notre démarche. Ils m'ont écouté avec attention. On voyait qu'ils ne comprenaient pas tout à cause de mon bégaiement, mais la portée de la Foulée verte les intriguait. La femme au passé africain les a insultés copieusement. Ils l'ont enregistrée, elle aussi. J'ai parlé de guerre, et l'intérêt s'est allumé sur leur visage. Ils me faisaient répéter plusieurs fois, ils voulaient savoir s'il y avait des morts.

J'ai dit que je ne le pensais pas, car on ne meurt pas de nos jours avant d'avoir atteint l'âge limite. C'était de l'humour pour détendre l'atmosphère.

Ils ont rigolé.

– Les enfants du Sahara meurent comme des mouches, a protesté la femme.

Décidément rien n'arrivait à la décrasser de son idéologie, celle-là. Les journalistes ont pouffé. Ils avaient l'air de s'intéresser vraiment. De bons journalistes, en somme. Alors je leur ai conseillé de monter au cinquième.

En s'éloignant dans l'escalier, ils s'extasiaient à mi-voix :

– Sensationnel !...

– Il a eu raison de nous appeler...

– Faut qu'on lui fasse une fleur pour la prochaine de « Paroles d'ONG »...

Leurs appareils enregistreurs marivaudaient.

Alors un premier nuage s'est faufilé dans mon esprit. Je n'y ai pas prêté attention, jusqu'à ce qu'un grand silence s'installe là-haut, comme si quelqu'un venait de mourir. On n'entendait plus que les plaintes des blessés, auxquelles se mêlaient, venant du troisième, des agonies de plaisir.

La voix d'Ulis s'est élevée dans notre immeuble, une voix de jugement dernier, comme je ne lui avais jamais entendue, terrible colère où chaque mot se découpait en grondement :

– Mais !... Qui !... Vous !... Que !... Vous !... Sortez !...

Face à sa prestance, les journalistes n'en menaient pas large.

– Ben, bafouillaient-ils, vos collègues... *Handicap demain* nous a dit... tout ça...

– Arrêtez de filmer, bon sang ! hurlait Ulis. Dehors !

J'ai entendu leurs pas précipités qui chatouillaient les marches. Leurs visages livides montraient un curieux mélange d'excitation et de crainte.

– Faut prévenir... Prime-time... La chaîne...

– Oh, oh, oh.

– Au troisième, c'est pas mal non plus...

– Ah, ah, ah.

Comme ils passaient devant moi, j'ai eu droit à quelques éclairs supplémentaires.

Soudain Ulis a surgi dans leur dos. À son expression j'ai compris qu'on avait un problème.

– Messieurs les journalistes, leur a-t-il crié, excusez-moi pour tout à l'heure...

J'ai remarqué que sa voix avait une cassure.

– J'ai du matos pour... On va écraser TF1... Mais oui... Guillaume, François, vous m'êtes... Venez dehors, je vais vous montrer... Ça vous intéresse des morts véritables ?... Vous tombez bio !... Je connais un coin... Derrière le parvis... À cinq mi... Vos ennemis de TF1 seront... Car vous en avez vous aussi, des ennemis, hein... Je vais vous parler de la guerre.

Par ces paroles mielleuses, il les entraînait dehors.

Bien des jours plus tard, j'ai compris le sens de sa manœuvre. Il voulait les éloigner le plus possible de l'immeuble. Qu'on ait le temps de se sauver. Qu'ils aient le moins d'images. Il savait déjà, le grand Ulis, que les mini-bourgeois récupèrent toujours les images à leur avantage. Ils ne regardent jamais au-delà de ce qu'on leur montre. Leur confort quotidien est la ligne d'horizon qu'ils ne dépasseront jamais. C'est pour cela qu'ils seront toujours imperméables à la Foulée verte, ces minables.

Une dernière fois, Ulis s'est retourné. J'ai vu une larme couler vers son menton.

– Dispersez-vous ! m'a-t-il chuchoté. Immédiatement !

Et il a fait un geste de la main comme s'il chassait un nuage de moucherons.

Je n'ai pas compris tout de suite, le temps que je rassemble mes esprits, j'étais fatigué et ça s'est passé tellement vite. Faut dire aussi qu'il n'y avait pas de commandement à proximité. Celsa était au cinquième. Je n'avais personne pour me guider. Pouvais-je laisser la femme sans surveillance pour aller chercher un conseil ? J'ai bien essayé d'appeler Malabry, il ne m'entendait pas, il avait ses chats à fouetter. J'étais seul et désemparé. Je n'exclus pas que j'aie eu à cet instant quelques pensées pâteuses contre la femme, mais je n'ai pas eu envie de fumer.

Ils sont arrivés dix minutes plus tard.

Ils m'ont plaqué au sol et j'ai eu droit aux menottes, moi aussi. J'ai essayé de crier qu'il y avait malentendu. La femme au passé africain criait, elle aussi, et c'étaient des paroles d'intolérance.

– Fais gaffe, ils sont dangereux, a dit le flic.

Pendant qu'on m'emmenait, j'ai aperçu Saint-Cyr dans l'escalier. Ses bras fatigués tenaient encore un extincteur dont on ne reconnaissait ni la forme ni le rouge. Deux gendarmes le maîtrisaient aux épaules. On aurait dit un albatros aux ailes coupées. Le triste spectacle !

Ce n'était que le début. Nos glorieuses troupes du cinquième, nos camarades blessés du troisième, personne n'a été épargné. Pas même Celsa. Sans aucun respect pour la grandeur de cette femme, un officier de police la traînait par l'arc-en-ciel qu'elle avait au tee-shirt.

– Salognards de flics, disait-elle. Vous êtes toujours du mauvais côté de la Foulée verte.

– Où est ton chef? enrageait l'autre. Le dénommé Ulis.

Personne ne savait.

Comme on sortait sur le parvis où nous attendaient les fourgons grillagés, j'ai été stupéfait d'apercevoir vous savez qui, dans son fauteuil roulant. Il parlait pour la télévision. Ses yeux roulaient en soucoupes et il bavait sur son survêt comme une barbe à papa. Il expliquait que cela faisait plusieurs jours qu'il avait été intrigué par notre comportement anormal. Comme s'il avait été normal, lui.

Le soir, au journal régional, le journaliste François nous a passés à la moulinette. (Ah, si seulement je lui avais envoyé son petit cadeau le matin même, dès sept heures, comme me l'avait demandé Ulis, ça nous aurait évité bien des remarques défavorables.) Il hochait la tête d'un air effondré et résumait nos soi-disant crimes sans jamais essayer de nous comprendre : typique de ces bleus qui parlent de la guerre sans l'avoir connue.

Il a parlé de « viols ». Je n'aime pas ce terme, un peu dur, j'aurais aimé qu'il dise, à la rigueur, « rapports sexuels non consentis », ou mieux, « tentative de reproduction sexuée sur personne non bénévole ». Ça présente mieux dans le dossier.

Mais il a dit « viol ». Les services de police en ont dénombré six. Le mien, quatre sur des blessées au troisième étage, et un au cinquième.

On a montré les photos des « victimes ». La violée du cinquième était un homme en blouse blanche. Ses parties génitales avaient été serrées avec un élastique rose pour empêcher le sang de refluer. Aussitôt, j'ai soupçonné Celsa. Pas uniquement à cause de l'élastique. Qui d'autre aurait pu défendre avec autant d'éclat la parité, ce pilier de la Foulée verte? J'en ai conçu une grande joie. Non seulement parce que cette femme de principe avait soutenu sa paroisse jusqu'au bout. Je sentais en effet que ce geste m'était destiné tout particulièrement. En quelque sorte, elle m'avait rendu la monnaie de ma pièce et j'en ai conclu que je ne lui étais pas indifférent.

Il faudrait que je lui en parle à l'occasion. Peut-être d'ici un mois ou deux, quand l'instruction sera terminée, on m'autorisera à lui écrire. Je lui enverrai une copie de ce texte. Qu'elle voie le chemin parcouru par son fils spirituel. La cigarette, bien sûr. Mais aussi, le métier d'écrivain qui rentre. Je pense qu'elle sera fière.

Quant à la revoir en chair, ce n'est pas pour demain, j'en ai crainte. On est partis pour des années. Ils viendront collectivement témoigner contre nous, les vaccins évidemment, mais aussi le proprio, et Machepot. On essaiera de nous enfoncer, on nous calomniera, on nous brûlera. Paternel rappellera l'histoire du chat, et maternelle, en sanglotant, blâmera mes problèmes affectifs.

Avec moi, les psychologues s'en mettront plein la panse. « Le bégaiement n'est que la partie visible de sa marée noire », diront-ils. « Le traumatisme réel s'est déposé au fond de Julien. C'est en douce qu'il a fait son travail de sape. L'irruption chabada de l'image du père badacha dans son jardin secret, jointe à la prise dachaba de conscience chadaba de sa faillibilité dabacha, l'a endommagé bachada pour des années. »

Le peuple mini-bourgeois sera comblé par ces explications et les journaux se vendront bio. Déjà, le nombre d'émissions qui nous sont consacrées dépasse l'entendement. Elles peuplent mes longues soirées à la maison d'arrêt.

Il y a quelques jours, on a montré notre immeuble sur lequel flotte désormais (je vous le donne en mille) le drapeau rouge de gueule de *Handicap demain*. Ils ont tout remis à neuf, ces tâcherons, sauf la porte blindée du cinquième qu'ils ont conservée en souvenir de la guerre. Pour que personne n'oublie le drame qui s'est produit ici, disait le handicapé. Le journaliste François tenait le micro et ses yeux luisaient de reconnaissance, on aurait dit qu'il buvait son interlocuteur. La jeune génération, disait le handicapé, tel est notre souci. La mémoire ne doit pas disparaître.

Le baveux roulait des mécaniques et expliquait aux curieux comment s'étaient déroulés les combats. Ici, disait-il, la larme à l'œil, se trouvait l'ascenseur où a commencé le différend. Là, imaginez l'assaut amphibie que les greens (c'est comme ça qu'il nous a appelés, cet enf' enf' enf' !) donnent contre un troisième étage grouillant de vaccins. Pas un coin sans blessés, pas un bureau sans entailles. Les cris, disait-il en tombant dans le pathos, dérangeaient les étoiles. Venez maintenant que je vous montre le garage.

Il paraissait incollable comme s'il avait fait la guerre à notre place.

Alors seulement j'ai cru entrevoir la face placide de la vérité.

Depuis le début nous avions été ses jouets, frissonnais-je. C'était lui qui nous avait poussés vers la guerre, à notre insu, nous qui étions deux ONG pacifistes dans l'âme. Par son harcèlement constant, il était l'agent provocateur qui avait créé ce climat propice aux déflagrations.

Je le soupçonne même d'avoir mis la main à la pâte. Il entrait chez nous par le parking. (Ce n'est pas pour rien qu'il y traînait sans cesse.) Ce serait lui qui aurait déchiré notre affiche, vous vous rappelez, au deuxième jour de la guerre. (Elle avait été abîmée *en bas*, précisément à l'endroit que ses pattes pouvaient atteindre.) Il aurait bouché les toilettes des vaccins au ciment. (Ces mains pleines de poudre que j'avais prise pour de la farine.) Les preuves convergeaient dans mon esprit.

Toutes ces abjections pour récupérer l'immeuble qu'il nous jalousait. C'est lamentable. Que voulez-vous, dans la guerre, il y a toujours son cortège de profiteurs, marchands d'armes et industriels véreux, pour qui la dignité humaine n'a pas de valeur.

Le journaliste lui a demandé son avis sur les causes du conflit, et l'autre, imperturbable, a déclaré qu'il voyait en nous la manifestation évidente du syndrome Durn, c'est ce qu'il a dit, « Durn », du nom de ce malheureux qui avait travaillé dans l'humanitaire avant d'abattre huit conseillers municipaux à la mairie de Nanterre, en quelle année déjà ?...

Heureusement qu'ils n'ont pas eu d'armes à feu, a conclu le handicapé, sinon vous auriez eu un carnage.

J'ai cru que j'allais fracasser l'écran. Ce moron n'avait donc rien compris ! « Complexe de supériorité », qu'il avait dit. « Médiocrité façon Durn... » Bavardages ! D'abord, c'est parce qu'il n'a jamais connu la Foulée verte que Durn est devenu Durn. Ça crève les œillères.

Je l'admets, avant la Foulée verte, j'aurais pu mal tourner moi aussi. Ma vie grattait ce vide absolu dont on ne retire que haine aux tripes et cirrhose à l'âme. J'ai eu de la chance. J'ai rencontré Ulis. Et j'ai été transfiguré, je crois, mon récit vous le prouve.

Et l'autre qui racontait n'importe quoi ! Foutu machin à roulettes ! Ah ! si je pouvais !...

J'étais tellement en colère que j'ai failli ne pas entendre la suite. C'était pourtant l'événement du jour, et le journaliste François se montrait très fier car il l'avait en exclusivité.

Ulis avait fait parvenir une vidéo à la rédaction. On nous l'a passée après une page de publicité.

Dieux, qu'il avait changé, notre Ulis ! J'ai un peu honte de l'écrire, mais il faisait son âge. C'était comme si les années de dîners bio s'étaient dissipées brusquement. Son teint hâlé avait des nuances cadavériques. Des rides s'accumulaient au creux des joues. Il paraissait avachi, sa souplesse légendaire avait été remplacée par une corde de piano.

– Méditez la figure de la tortue, disait Ulis en essayant vainement de se mettre en position de lotus. Aimez la nature, et que la Foulée verte soit dans vos cœurs !

Ses yeux fatigués ont traversé l'écran pour venir se planter dans les miens, et j'ai eu un frisson.

On voyait derrière lui un paysage fait de collines et de neige. Il était en Alaska, à l'endroit de son combat de jeunesse, là où la Foulée verte était descendue sur lui.

Comme le saumon, il était revenu à ses racines.

Je me souviens, j'ai pensé à ce moment-là qu'il n'en avait plus pour longtemps. La gorge m'a serré et j'ai bien dû verser quelques larmes. Je me suis demandé à quel endroit j'irais, moi, au soir de ma vie. Quel serait mon Exxon Valdez ?

Je me suis mis en lotus. La réponse crevait l'esprit. Comme d'autres retournent sur Omaha Beach, je retournerai à notre immeuble. Le soir, quand je m'endors après une journée de méditation, je prie pour retrouver en bouche le goût têtu de la guerre.

« Alors, Julien, me dit-on pour finir, on comprend bien qu'elle a été pour toi un moteur spirituel. Dans ces conditions, tu n'as aucun regret, on suppose. Aucun sentiment de faute commise. »

Si, bien sûr.

Je regrette certaines expressions maladroites que j'aurais pu enlever mais que je garde comme autant de symboles de mon imperfection. C'est que j'ai eu le temps de me relire depuis que je suis en prison. Et j'ai eu la mauvaise surprise de découvrir quelques excès. Je me suis laissé aller à des mots vexatoires sur les handicapés. J'ai même dit « monstre », à un moment. Je ne le pense plus maintenant. D'autant que mon avocat plaidera le handicap pour tenter de me dégager. Libre à lui. Je ne crois pas qu'il réussira. Mon bégaiement est trop dérisoire.

Si ça ne marche pas, il voudrait rejeter la responsabilité sur la Foulée verte. Elle m'aurait embrigadé, soi-disant. « La Foulée verte ! La Foulée verte ! » Il s'acharne. Je n'entends plus que ça. « La Foulée verte ceci », « La Foulée verte cela ». Des mots durs souvent. Des calomnies. Et des appels du pied, forcément, pour que je me défausse. « Explique-nous, Julien, toi qui as fait partie de l'élite. Punaise, éclaire la lanterne ! Qu'est-ce donc que cette Foulée verte qui a semé tant de trouble ? »